La isla

La isla

Åsa Avdic

Traducción de Ana Guelbenzu

Rocaeditorial

Título original: *Isola*

© 2016, Åsa Avdic

Publicado en acuerdo con Ahlander Agency.

Primera edición: septiembre de 2017

© de la traducción: 2017, Ana Guelbenzu
© de esta edición: 2017, Roca Editorial de Libros, S. L.
Av. Marquès de l'Argentera 17, pral.
08003 Barcelona
actualidad@rocaeditorial.com
www.rocalibros.com

Impreso por LIBERDÚPLEX, s.l.u.
Crta. BV-2249, km 7,4, Pol. Ind. Torrentfondo
Sant Llorenç d'Hortons (Barcelona)

ISBN: 978-84-16700-83-7
Depósito legal: B. 16382-2017
Código IBIC: FH

RE00837

Lo miré. Quería preguntarle muchas cosas, decirle tantas otras; pero de algún modo sabía que no había tiempo, y, aunque lo hubiera, todo era irrelevante, de alguna manera.

—¿Eres feliz aquí? —le pregunté al final.

Lo meditó un momento.

—No especialmente —dijo—. Pero tú tampoco eres muy feliz allí donde estás.

DONNA TARTT, *El secreto*

* * *

—Es un conflicto entre dos hombres —dijo Sombra.

—No es en absoluto una guerra, ¿verdad?

NEIL GAIMAN, *American Gods*

Protectorado PSUF de Suecia bajo la Unión de la Amistad

Véase también Suecia, reino de Suecia

El Protectorado de Suecia bajo la Unión de la Amistad, en lengua vernácula **el Protectorado de Suecia,**[6] es un país de la UF (Union Friendship, Unión de la Amistad). Su independencia es discutida. El país está reconocido por 107 de los 193 Estados de las Naciones Unidas, entre ellos Estados Unidos, pero puesto en cuestión por los demás protectorados de la Unión de la Amistad.[7][8][9][¿fuente no fiable?]

Tras el Golpe del Muro de 1989 y los subsiguientes disturbios se sentaron las bases de la Unión de la Amistad. Suecia y Finlandia se encontraban bajo la ley marcial y eran aliadas en defensa desde 1992. Noruega las siguió más adelante. El 17 de febrero de 1995 el Parlamento del Protectorado de Suecia se declaró miembro de pleno derecho de la Unión de la Amistad. El bloque occidental no aceptó esta declaración, y muchos países de las Naciones Unidas aún consideran que el Protectorado de Suecia es un país independiente. El Protectorado de Suecia tiene *de facto* y *de jure* el control sobre todo su territorio, pero al mismo tiempo está sujeto a las leyes de la Unión de la Amistad, que prevalecen sobre los estatutos locales.[9] El Tribunal Internacional de Justicia de La Haya no considera que la incorporación del país a la Unión de la Amistad sea una violación de la ley internacional.[10][11][12][13]

El Protectorado de Suecia ya no es miembro de las Naciones Unidas y abandonó la antigua Comunidad Europea antes de su disolución.[14]

El Protectorado de Suecia limita al este con el Protectorado de Finlandia bajo la Unión de la Amistad, al oeste con el Protectorado de Noruega y al suroeste con Dinamarca, donde la frontera se cerró en 1992. La capital del Protectorado de Suecia es Estocolmo.

Enciclopedia Internacional, 2016

Estocolmo
Protectorado de Suecia
Marzo de 2037

Anna

*U*na tarde, la secretaria de la unidad vino a mi despacho.

—Quiere verte en la planta catorce del Edificio de Secretariado.

—¿Quién?

—¡Él quiere verte!

La secretaria de la unidad parecía muy exaltada. Sus gruesas gafas se deslizaron hacia abajo en la punta de la nariz y se las empujó hacia arriba en un gesto frenético, para que volvieran a resbalar de inmediato. Entendí por qué estaba tan nerviosa. Era raro que los del Edificio del Secretariado mostraran interés por nuestras actividades, y más aún en uno de nosotros personalmente. Cuando finalmente volví a casa desde Kyzyl Kum, el Presidente envió un ramo de flores a mi despacho con mi nombre mal escrito en la tarjeta, así que supuse que no le importaba. Por lo visto, me equivocaba. Me sentí halagada y nerviosa al mismo tiempo.

—¿Cuándo?

—Esta tarde.

Miró un segundo de más mi camisa arrugada, como si sopesara algo.

—Tienes tiempo de ir a casa a cambiarte —dijo, luego dio media vuelta y se fue tan rápido que ni siquiera tuve tiempo de fingir que estaba ofendida.

Tres horas después estaba cruzando el patio del Edificio del Secretariado entre el viento cortante y una lluvia helada. Grandes capas de aguanieve medio congelada soplaban de lado y me azotaban la cara, para de pronto cambiar de dirección y atacar desde el otro lado. Era uno de esos días de febrero en que todo está gris y húmedo y frío y la luz no es más que una esperanza. Aquel invierno había habido muchos días así. Se mencionaba cada día en las noticias que nunca habíamos tenido tan pocas horas de luz solar como el año anterior. Tal vez fueran las emisiones, el cambio climático o ambas cosas. O algo aún peor, pero eso no lo decían en las noticias, claro. Era ese tipo de cosas de las que solo se hablaba cuando uno estaba seguro de que no escuchaba nadie más.

El edificio se irguió ante mí mientras subía la escalera, como si entrara en las fauces de una ballena gigante, y el viento casi me arrojó contra las puertas. Dentro del vestíbulo me registré en el mostrador de recepción, me dieron una placa de visita, me hicieron pasar por varias puertas de seguridad, entregué el abrigo y el bolso al guardia y me indicaron un ascensor. Las paredes y el techo estaban cubiertos de espejos de color humo que me hicieron ser dolorosamente consciente de mi chaqueta nueva y los anodinos botines de vieja de la cadena de ropa más cercana a la oficina. La chaqueta me quedaba bien, pero era de un material rígido que picaba y empecé a sudar ya antes de salir del ascensor. Tenía los pies húmedos y fríos y las medias caídas. Me había maquillado con la esperanza de parecer menos demacrada de lo que me sentía, pero sospechaba que había conseguido el efecto contrario. La lluvia me había corrido el maquillaje y había eliminado casi todo el colorete barato de las mejillas; lo que quedaba se estaba descascarillando sobre el eccema en el puente de la nariz y en el nacimiento del pelo. Me sentía fuera de lugar, como si llevara un disfraz.

Lo primero que me impresionó cuando salí del ascensor de la planta catorce fue que el sonido era distinto, más amortiguado. Los suelos estaban cubiertos por una moqueta gruesa de pared a pared, lo que hacía casi imposible caminar con tacones sin dar un traspié. Era un suelo para hombres. Madera oscura, acero cromado, grandes plantas verdes: todo reluciente, caro. Las paredes, el suelo y el techo estaban impregnados de poder. Un aparato de aire acondicionado zumbaba cerca, sonando como un helicóptero distante. No sabía qué hacer: no había donde sentarse, ni cuadros para fingir contemplarlos. Se abrió una puerta y salió una elegante mujer mayor. Pronunció mi nombre y me pidió que la siguiera. Fui tras ella por el pasillo y me percaté de que, pese a los tacones, se movía por el suelo blando con pasos seguros y rápidos. Abrió la puerta al final del pasillo y me hizo pasar a una sala de reuniones con unas vistas de vértigo.

—¿Café? ¿Té? ¿Agua?

—Café, por favor. Solo.

Asintió, hizo un leve gesto con la mano, como para darme permiso para tomar asiento, y luego me dejó sola. Se oyó un sonido de succión cuando cerró la puerta, como si se hubiera hecho el vacío en la sala. Me vi en el centro. Todos los detalles, desde el pomo de la puerta hasta los zócalos, parecían bien diseñados. Era como si estuviera violentando ese interior tan coordinado por el mero hecho de estar allí. Cuando estaba a punto de sentarme en una silla, la puerta se abrió de nuevo y la elegante secretaria hizo pasar al Presidente.

Era un hombre alto con el pelo espeso y viejas cicatrices de acné en el rostro y, pese a que llevaba un traje caro que podía ser importado o hecho a medida, parecía que no le quedaba bien, como si alguien hubiera vestido a una estatua. Lo había conocido en una ocasión, cuando visitó nuestra unidad. Recuerdo que todos nos quedamos de pie junto a nuestras mesas, como huérfanos que esperan ser adoptados, mientras él se paseaba con los jefes e inspeccionaba la zona de trabajo y al personal. El ambiente fue tenso y forzado durante aquella visita, y ahora la sensación era más o menos la misma. Dio unos pasos hacia mí y me tendió la enorme mano.

—¡Anna Francis, es maravilloso conocerla por fin!

Me miró y, cuando lo hizo, entendí por qué, pese a su poder, la gente hablaba de él con tanto cariño. Tenía una expresión totalmente sincera y afable: te hacía sentir atendida, como si fueras la persona más importante del mundo. Como si de verdad pensara que era fantástico conocerme, a mí. Estuve a punto de creerle.

—El placer es mío —conseguí decir.

—Por favor, siéntese.

El Presidente hizo una señal hacia las sillas alrededor de la mesa, y mientras yo tomaba asiento él la rodeó y se sentó frente a mí.

—En primer lugar, me gustaría aprovechar la oca-

sión para agradecerle sus fantásticos esfuerzos en Kyzyl
Kum. Fue espléndido, simplemente espléndido —dijo
con tanto énfasis que me planteé si la conversación se
estaba grabando. Continuó—: Espero que sepa lo contentos que estamos con su trabajo. El Ministerio también le envía saludos. Están encantados, por supuesto.
Hacía muchos años que no teníamos tan buena reputación. Somos una potencia humanitaria. Justo lo que or-
denó el doctor, todos lo pensamos. Y, por supuesto, estamos encantados de haber podido apoyarla en un trabajo
muy, muy importante, Anna.

—Le agradezco mucho la oportunidad —me oí decir,
al tiempo que me percataba de que no era el mejor inicio para mí. Solo llevábamos unos minutos de reunión y
el Presidente ya había conseguido que le agradeciera la
oportunidad de destrozarme a mí misma y mi vida durante muchos años. Resultaba obvio que era muy listo.
Empecé a preguntarme por qué estaba ahí en realidad.
Él se inclinó sobre la mesa.

—Anna, lo que quiero comentar contigo es estrictamente confidencial. Lo que estoy a punto de decir debe
quedar entre tú y yo, en cualquier circunstancia.

Me miró directamente a los ojos para comprobar que
realmente entendía lo que estaba diciendo. Lo entendí.
Había pasado tiempo suficiente con la junta y el ejército
en Kyzyl Kum para saber que eso significaba «si algo
sale de aquí, sabremos que tú eres la chivata», así que
asentí. Sí, lo entendía. Él continuó:

—Anna, ¿has oído hablar del Proyecto RAN?

Asentí de nuevo, y me sentí aún más nerviosa. El
Proyecto RAN era de esos de los que todo el mundo había oído hablar, pero en realidad nadie sabía qué era. A
juzgar por el enorme secretismo que lo rodeaba, tampoco era de esas cosas que uno desea saber. Una vez en

17

Kyzyl Kum, uno de los soldados mencionó un caso que había asumido el grupo RAN, pero cuando empecé a hacerle preguntas se mostró incómodo, casi asustado, y cambió de tema, así que lo dejé. Hay un tipo de conocimiento al que no es necesario tener acceso.

—Sé que existe, pero no sé qué es.

El Presidente hizo un gesto de desaprobación.

—Bueno, en realidad preferiríamos que ni tú ni nadie supiera ni siquiera eso. —Se inclinó un poco más sobre la mesa—. Antes de seguir, Anna, necesito saber si puedo contar con tu discreción. Si no, la reunión ha terminado.

Tragué saliva y sopesé las opciones que tenía. Ninguna.

—Por supuesto —contesté—. ¿De qué se trata?

El Presidente, satisfecho, dejó una carpeta sobre la mesa. «¿De dónde ha salido eso?», pensé confundida. No había visto ningún maletín, y la mesa estaba vacía cuando entramos en la sala.

—Anna, estás aquí hoy porque queremos tu ayuda. Como imaginarás, tiene que ver con el Proyecto RAN. No te voy a abrumar con demasiados detalles, solo una cantidad limitada de personas tiene acceso al trabajo del grupo, y ahora, por lo que parece —se reclinó en la silla y suspiró antes de continuar—… por lo que parece, el brazo operativo del proyecto ha sufrido una deserción. El hecho es que nos falta un hombre, o una mujer.

La frase quedó suspendida en el aire y a mí se me secó la boca.

—Le agradezco mucho su confianza en mí, pero no estoy segura de que yo…

Me callé al ver la cara de estupefacción del Presidente. Me miró unos segundos con las cejas levantadas y luego soltó una fuerte carcajada amable.

—¡No, no estoy insinuando que tú formes parte del grupo RAN! No, querida Anna, debo decirte que tenemos otros candidatos con... bueno, distintas cualificaciones. Pero nos gustaría que nos ayudaras durante la fase de selección.

Sentí una vergüenza increíble, como cuando respondes a un saludo y luego ves que iba dirigido a alguien que está detrás de ti. Me la tragué lo antes posible y procuré continuar.

—¿Cómo puedo ayudar?

El Presidente dio una palmada.

—Estoy seguro de que entenderás que estamos viendo a muchos candidatos ahora mismo, cada uno con cualificaciones excelentes a su manera. Lo que queremos hacer es ponerlos a prueba en una situación de gran estrés. Podríamos decir que es como un ejercicio de campo. Y ahí es donde intervienes tú, Anna. Tienes mucha experiencia en tratar y evaluar a gente en condiciones extremas. Servirías para valorar los puntos fuertes y las flaquezas. Sabes hasta dónde pueden llegar las personas, y también cuándo están al límite. Ese conocimiento es único, Anna, no mucha gente lo tiene.

Los halagos me animaron, aun sabiendo que formaban parte de la estrategia. Se suponía que debía sentirme indispensable y necesaria, y era casi embarazoso que funcionara pese a ser consciente. No dije nada, esperé a que continuara.

—Estamos pensando en llevar a cabo una pequeña prueba de estrés. Pondremos a nuestros mejores candidatos en una situación auténtica para que tú puedas evaluarlos. Ver quién muestra dotes de liderazgo, quién piensa estratégicamente, quién es diplomático y quién no cumple las expectativas.

Seguía sin entender a dónde quería llegar.

—¿Qué quieren que haga, concretamente?

El Presidente esbozó una sonrisa espléndida.

—Bueno, en realidad es bastante sencillo. Quiero que finjas morir.

Así que ese era el plan maestro del Presidente, que procedió a detallarme. Un falso asesinato como prueba de estrés. Ocurriría de la siguiente manera: los candidatos al puesto en el Proyecto RAN quedarían aislados en una isla bajo el pretexto de participar en la primera fase de selección, algunos ejercicios en grupo y la preparación de las pruebas finales. A mí me presentarían como una de las candidatas. El equipo también incluiría a una médica con experiencia en gestión de crisis. En algún momento durante las primeras veinticuatro horas, la médica y yo fingiríamos mi muerte —«al principio pensamos en un suicidio, pero creo que preferimos el asesinato», dijo el Presidente en un tono que indicaba que se consideraba flexible y adaptable—, y una vez declarada muerta por la doctora pasaría a observar a los demás participantes desde lo que el Presidente llamó «una posición oculta». Mi tarea sería evaluar cómo gestionaban los candidatos mi dramático fallecimiento. Quién tomaba la iniciativa, quién pensaba en la seguridad, quién era el primero en plantear una teoría sobre lo ocurrido, etc. Tras cuarenta y ocho horas, el ejercicio terminaría, todo el mundo volvería a casa y yo entregaría un informe sobre cada uno de los candidatos a la dirección del Proyecto RAN. Todo el contacto se llevaría con la mayor discreción mediante la secretaría del proyecto.

—Lo que realmente nos interesa es tu juicio intuitivo —dijo el Presidente—. Podemos realizar análisis más profundos de los candidatos más tarde; de momento, lo que queremos saber es sobre todo lo que te dicen las entrañas.

Me sentí terriblemente violenta cuando el Presidente terminó su explicación.

—Lo siento, pero... ¿no parece excesivamente cruel?

Pensé en las ejecuciones, falsas ejecuciones y secuestros que había visto en Kyzyl Kum y en cómo afectaban a la gente. Vivir la muerte de otra persona inevitablemente hace mella, se sepa o no más tarde que la víctima ha sobrevivido. El Presidente miró con aire de superioridad a un punto detrás de mí, como si allí pudiera leer la respuesta.

—Anna, te aseguro que no es la crueldad excesiva lo que me ha traído hasta aquí. Los miembros del grupo RAN son responsables de cosas importantes. Muchas vidas. Incluir a una persona que no pueda manejar una situación así sí sería excesivamente cruel, tanto para la persona en cuestión como para la seguridad de la Unión. Pero sin duda entiendo cómo te sientes, y hasta cierto punto tienes razón. Cruel, sí; excesivamente, no. Pero me alegro de que seas consciente de la seriedad de la propuesta, porque por eso tu valoración es crucial. El hecho es que necesitamos saber quién aguanta la presión. A todos los candidatos se les ofrecerá todo el apoyo y ayuda que necesiten en forma de atención psicológica y gestión de crisis. También vale para ti, por supuesto. Y naturalmente, recibirás una compensación económica adecuada.

Nombró una cantidad que me mareó por un segundo. Jamás me acercaría a ese importe, aunque ganara la Lotería de la Unión varias veces.

—Aparte del dinero, ¿por qué iba a querer hacerlo?

El Presidente esbozó una sonrisa amable.

—Bueno, Anna... seamos sinceros, ¿qué otra cosa ibas a hacer?

O era un manipulador extremadamente hábil o estaba corriendo un riesgo. Fuera lo que fuere, funcionó. Porque ese era el tema: mi trabajo era insignificante, no podía volver a Kyzyl Kum y era una extraña en mi propia familia. Con el dinero que me ofrecía el Presidente, tal vez podría empezar de cero. Tomarme un año sabático. Viajar a algún sitio con Siri; a un lugar cálido, tranquilo y poco exigente, intentar construir una vida de nuevo, arreglar lo que se había roto. O podríamos comprar una casa en una de las comunidades fuera de la ciudad, con jardín. Siri podría ir a una buena escuela, y yo podría trabajar en una oficina de la administración local, recogerla a tiempo del colegio, hacer panecillos, peinarle una trenza. Podría volver a ser alguien, parte de mi propia vida. De pronto me di cuenta de cuánto había perdido durante los últimos años, y de lo cerca que estaba de perderlo absolutamente todo. Se me hizo un nudo en la garganta y sentí ardor en los ojos. Tragué saliva y miré al techo para evitar llorar; hacerlo allí en ese momento habría sido un desastre.

El Presidente continuó como si me estuviera leyendo la mente.

—Anna —dijo en tono amable—, sé que no lo has tenido fácil. Si haces esto por mí ahora, te doy mi palabra de que no necesitarás nada más en toda tu vida. A menos que tú quieras.

Yo seguía mirando la moldura del techo. Era exactamente del mismo color que la pared, solo la minúscula sombra de debajo revelaba su existencia. El Presidente esperó un segundo o dos, como si quisiera ver si yo iba a decir algo por voluntad propia. Y luego lo dijo:

—También podríamos pensar en olvidar esos...

desafortunados incidentes en Kyzyl Kum. Nunca se investigaron de verdad, si no recuerdo mal.

El tono era afable, pero las palabras eran como puñetazos. Debería haber sabido que iba a salir, pero no estaba preparada. Intenté controlar los rasgos faciales antes de mirar al Presidente a los ojos. Nos miramos durante unos segundos y el trato se cerró.

—Necesito hablar con mi familia.

—Por supuesto.

—¿Cuánto durará la misión?

—Saldremos a final de semana. Luego serán dos o tres días como máximo en la isla.

—¿Y luego?

—Luego entregarás los informes.

—¿Y después seré libre?

—Después serás libre.

El Presidente se levantó. Me abrió la puerta y salimos al vestíbulo juntos.

—Necesito tu respuesta mañana a la hora del almuerzo como muy tarde. Mi secretaria se pondrá en contacto contigo.

Me dio un apretón de manos hasta que me crujieron los nudillos y clavó los ojos en mí por última vez.

—Cuento contigo —dijo.

Luego dio media vuelta y desapareció por el pasillo mientras yo me quedaba ahí observando cómo su enorme espalda rectangular se alejaba. Cuando entré en el ascensor pensé en que no llegaron a traerme el café.

Al cabo de unos días tuve una reunión con el secretario del grupo RAN para recabar la información que necesitaba antes de la misión. Era un hombre menudo, delgado y bajo, con los ojos extrañamente salidos en todo momento. En su despacho hacía frío y olía a tabaco y brea, así que era evidente que no hacía caso de la prohibición de fumar y lo hacía a escondidas junto a la ventana. Me agarró la mano con una fuerza casi descarada cuando nos saludamos, como si quisiera tirar de ella y salir corriendo. El secretario se presentó como Arvid Nordquist.

—Ah, ¿como la marca de café? —dije, sobre todo por tener algo que decir. Me miró como si no tuviera ni idea de qué le estaba hablando. En cambio se dirigió a la pared baja de la sala rectangular, donde pasó un rato toqueteando el código de un gran armario gris y sacó un montón de papeles y carpetas que luego descargó sobre la mesa delante de mí con un ruido sordo.

—Todo lo que ve aquí es estrictamente confidencial. La información no puede salir de la sala, no puede escribir notas, o por lo menos no llevárselas. Si necesita salir de la sala para usar el lavabo, debe guardar los documentos de nuevo en su armario. Todo lo que saque de esta sala se almacenará solo en su mente, no podemos arriesgarnos a que estos documentos «salgan de paseo». —Hizo un gesto de comillas en el aire con sus dedos huesudos. La expresión era de reprobación, como si yo ya fuera culpable de imperdonables infracciones de la confidencialidad.

Las horas siguientes pasaron lentas y empezaron con un ensayo con el secretario. Me enseñó cartas náuticas, mapas y dibujos de una isla llamada Isola, muy pequeña y aislada en el límite del archipiélago exterior. La única manera de llegar era en barco privado. Solo había dos estructuras en la isla: un cobertizo para botes y una casa principal, que era un edificio muy poco común. Por fuera parecía perfectamente normal: dos plantas y un sótano que albergaba un puesto médico. Pero la casa contenía más de lo que se veía a primera vista. Había pequeños pasillos en las paredes entre todas las estancias, lo bastante grandes para que una persona se pusiera de pie, y el secretario explicó que había unos agujeros diminutos en todas las paredes. Se podía observar lo que ocurría en la casa.

—¿Por eso me dieron el trabajo, porque no había nadie más lo bastante delgado?

Se suponía que era una broma, pero el secretario me miró sin comprender y luego siguió presentándome los planos. Se me ocurrió una cosa:

—¿No sería más fácil usar cámaras de vigilancia que ir metiéndose en las paredes?

El secretario lo negó con la cabeza.

—Preferimos no conservar documentación de este tipo de evaluaciones. Las cintas se pueden borrar o bloquear, pero también se pueden olvidar, intencionadamente o no. Cabe la posibilidad de hacer un mal uso.

Señaló una zona sombreada debajo del sótano.

—Y aquí, debajo del puesto médico, hay otro sótano: el Nivel Estratégico. Ahí pasará las noches y redactará sus informes cuando esté muerta. Usted y la médica son las únicas que tendrán acceso a esa parte de la casa.

—¿Quién es la doctora?

El secretario sonrió por primera vez.

—Katerina Ivanóvich, médica y experta en traumas psicológicos por la Escuela de Defensa. Puedo asegurarle que es una persona de confianza que ha colaborado estrechamente con el Proyecto RAN desde el principio. Está en muy buena compañía. —A juzgar por la expresión del secretario, tenía más fe en ella que en mí—. La puerta del Nivel Estratégico se abre y se cierra con un código que encontrará en este sobre. Usted y la médica serán las únicas con acceso a él. Memorícelo bien. Como le he dicho, no puede apuntar nada. —Se levantó de la silla—. Ahora la dejaré aquí con sus deberes. Vendré a buscarla dentro de unas horas.

El secretario salió de la sala. Yo me senté y me quedé mirando las cartas náuticas, los mapas y los planos que tenía delante mientras me preguntaba dónde me había metido.

EL INICIO

*E*n realidad es bastante extraño lo que hace que nos fijemos en otra persona, que la veamos de verdad. Porque ver de verdad significa reconocer que estás enamorada, fijar la vista de pronto en esa otra persona, al otro lado de la sala, como si fuera la primera vez que la ves, o que ves a alguien en general. Cuando vi de verdad a Henry Fall por primera vez, llevábamos un tiempo trabajando en la misma unidad, y lo raro es que fue un gesto nimio lo que hizo que me fijara en él.

Nos habían invitado a casa del jefe, un joven con muchas ambiciones, considerado la persona adecuada para «agilizar las operaciones». Toda la unidad estaba allí, todos un poco incómodos y desconocidos entre sí, un poco mejor vestidos, un poco más arreglados de lo habitual y con unas copas delicadas en vez de las cotidianas tazas de café. Mucha gente vestía ropa nueva, un tanto rígida. Vi que a la secretaria de la unidad, una mujer mayor con el pelo en forma de casco, le salía la etiqueta con el precio del cuello. Tal vez aún llevaba el tique en el monedero y pretendía devolver la prenda al día siguiente, y que le retornaran los cupones. Me la imaginé en la caja, con la blusa en una bolsa de plástico, sudorosa, discutiendo sobre el tique, quejándose de la calidad, la talla o una costura. La cara de cansancio muy maquillada de la dependienta. Seguramente la secretaria de la unidad lo conseguiría.

Antes de la cena, que estaba preparada en un espacioso salón con vistas a la bahía, nos sirvieron vino Rorkäppchen de un carrito de servicio lleno de botellas. Yo estaba ahí de pie, molesta por el hecho de que un mocoso como nuestro jefe pudiera permitirse un piso de lujo en uno de los edificios nuevos en Lindigö, con vistas a Karlsudd y la base militar de Tynningö, con un carrito de servicio y bebida importada de Occidente. Probablemente significaba que tenía peces gordos en la familia (lo que, a su vez, serviría también de explicación a cómo consiguió el trabajo). Henry estaba un poco en la periferia de una conversación, como siempre. De pronto lo vi coger como si nada una botella de coñac caro, servirse una copa, vaciarla a grandes tragos y luego dejar la copa vacía en el carrito como si no hubiera pasado nada. En realidad no fue una acción especialmente bonita —a otra persona le habría parecido alarmante, un indicio de alcoholismo, nervios, debilidad o mala educación—, pero en alguien tan controlado como Henry se convertía en algo completamente distinto: en sed. Cuando vi a Henry beberse el coñac de un trago, por primera vez se me ocurrió que tal vez no fuera el hombre que pensaba, y que podría representar un peligro para mí.

Cuando empecé a observarlo, me di cuenta de más cosas. Era como ir a buscar setas al bosque. Al principio no veía nada, un día vi algo y de pronto todo el suelo estaba lleno. Lo segundo que noté en él fue la risa. Era un hombre que se reía. Tal vez no suene muy destacable, pero la mayoría de hombres no lo hacen. Sonríen levemente, tal vez sueltan una breve risa, o una risita, pero no se ríen de verdad. Henry sí, a mandíbula batiente, sin reservas, de un modo que no encajaba del todo con su imagen apagada. Cuanto más trabajábamos juntos, más a menudo me sorprendía intentando arrancarle esa risa, solo para verlo doblarse sobre el escritorio o reclinarse en la silla del despacho con lágrimas en la cara y los blancos dientes regulares al descubierto. Eso era lo tercero: tenía unos dientes preciosos, poco comunes.

De hecho, Henry era un hombre bastante corriente. Cumplía con sus obligaciones laborales con celo pero sin originalidad. No asumía riesgos. Cuando era su semana de la cocina, estaba inmaculada. No era cerrado, pero tampoco abierto: no compartía información personal a menos que le hicieras una pregunta directa. Y la respuesta era educada pero breve: lo que había hecho durante el fin de semana, lo que pensaba de la última película, sus planes para las vacaciones. No daba ni más ni menos información que la respuesta que requería la pregunta. En cambio, con frecuencia desviaba la conversación hacia la persona que le había preguntado, no porque le interesara mucho, sino por educación o, tal vez, como finalmente empecé a sospechar, para evitar hablar de sí mismo. Cuando los colegas enviaban invitaciones a cumpleaños, barbacoas, cervezas después del trabajo, casi siempre las rechazaba, con educación y excusas perfectamente plausibles. Era el cumpleaños de su tía, tenía reservada hora en la lavandería, estaba fuera de la ciudad, lástima. La próxima vez. Nunca molestaba a nadie, así que nadie le molestaba a él. Todo el mundo en el trabajo coincidía en que Henry Fall era una persona agra-

31

dable, pero nadie se daba cuenta si no estaba. Sin embargo, una vez empecé a observarlo, me sorprendió que su amable distancia, esa humildad casi taimada, probablemente no fuera una coincidencia. Era intencionada, era lo que quería.

Su yo externo tampoco decía nada destacable. Parecía un chico de ciudad de provincias, que se había criado en un prado bien cuidado detrás de vallas blancas. Equipos deportivos, cromos y campamentos de verano con los pioneros. Era un poco más alto que la media y tenía la espalda angulosa, como de alguien que ha hecho deporte de pequeño y luego lo ha dejado. Sin sobrepeso, pero tampoco delgado. Ojos amables, cabello castaño. No se cortaba el pelo con la suficiente frecuencia, pero todas las mañanas llevaba las mejillas bien afeitadas. Se veía un rastro de pecas en el puente pálido de la nariz, pero era imposible determinar si la espalda se le ponía morena o rosa con el sol veraniego. En invierno siempre llevaba sombrero y mitones; a veces calcetines de colores con personajes de dibujos animados. Imaginas que tiene una corbata de Papá Noel pero nunca la lleva. Tenía una voz contenida y un tanto chirriante. Parecía el vecino, un amigo de la infancia, alguien al que conoces de algo pero no recuerdas de qué. Un hombre que se desvanece en la multitud. Si no lo hubiera visto dando esos tragos de coñac, probablemente jamás me habría fijado en él.

Empecé a recabar información sobre él, por poca que fuera. Nunca mencionó hijos, ni esposa o novia, así que supuse que vivía solo. Una tarde lo vi en el andén en compañía de una mujer que no trabajaba en nuestra unidad. Tenía una belleza que recordaba a la antigua clase alta, con el cabello color chocolate, un corte regular a lo paje y un abrigo con un borde de piel, y cuando se reía le ponía una mano en el brazo de una manera que me hizo pensar que eran pareja, o por lo menos se acostaban. Intenté imaginarlos juntos, en una sesión de sexo apasionado entre sábanas arrugadas, pero era difícil formarse una imagen. Me daba vergüenza pensar en Henry sin su conducta calmada, pero era como si se me hubiera metido en la cabeza. Me sorprendía a menudo mirándole las manos cuando trabajábamos, y cuando estaba a solas intentaba imaginar cómo sería su roce en mi cuerpo, pero era totalmente imposible siquiera evocar una situación en la que eso pudiera ocurrir, y ello me hacía sentir idiota en vez de excitarme. Era demasiado absurdo. Y aun así no podía dejar de pensar en ello.

33

Al cabo de un tiempo de verlo beber coñac acabamos juntos en un proyecto. Era un encargo normal, nada especial, de esas cosas que hay que hacer. Sin embargo, cuando empezamos a trabajar juntos ocurrió algo que creo nos sorprendió a los dos: funcionamos bien. Lo que había empezado como la tarea laboral más sosa y aburrida de pronto se volvió interesante, y a medida que pasaban las semanas íbamos pasando más tiempo juntos en la oficina, discutiendo los detalles que no importaban a nadie más. Nos entendíamos de forma intuitiva y eso hacía que fuera agradable estar juntos. De pronto me sorprendí esperando esas tardes en que los demás se habían ido y el gran mar de la oficina quedaba a oscuras salvo por la isla de luz fluorescente donde nos sentábamos, con nuestras tazas, nuestros montones de papel y los bocadillos de encurtidos envueltos en plástico que comprábamos en la máquina del vestíbulo. Era como si

Henry hubiera salido de su caparazón para volverse más humano, con la camisa arremangada por los codos y el pelo aplastado de acariciárselo con la mano, en un gesto inconsciente y constante.

Nuestro trabajo hizo que nuestra unidad fuera nominada a un premio por la excelente aportación al servicio de departamento dentro de nuestro ámbito, pero cuando el premio recayó en otra unidad ya no pensé más en ello. Para mí, el gran premio inesperado era descubrir a Henry. Sin embargo, cuando me lo encontré en la máquina de café al día siguiente, me di cuenta de que él no estaba nada satisfecho con los resultados. Cuando mencioné el premio puso un gesto adusto y me dio una respuesta breve y brusca. De repente vi que estaba furioso por haber perdido, a su manera controlada y correcta. Entonces supe que Henry, pese a su carácter tranquilo, era una persona competitiva.

Al cabo de unos días nuestro joven jefe nos invitó a cenar porque quería aprovechar la ocasión para demostrarnos cuánto apreciaba nuestro trabajo aunque no hubiéramos ganado el premio. «Por lo que a mí respecta, como vuestro jefe, seguís siendo ganadores», escribió en su boletín semanal en el que anunciaba la cena en un restaurante. Sospeché que había sacado esas frases directamente del manual de dirección del departamento.

La cena tuvo lugar en uno de los restaurantes más comentados de la ciudad, conocido por tener piña importada en la carta y porque casi nunca se iba la luz. Por otra parte, la comida estaba seca y era cara, y los camareros eran unos estirados. Me senté al lado de Henry y me incomodó un poco estar con él delante de otras personas, como si estuviéramos revelando algo íntimo solo por estar sentados ahí compartiendo brindis incómodos por el proyecto que no había ganado ningún premio, así que no me fijé en cuántas veces me rellenaban la copa los estirados càmareros. Hacia la mitad de la cena me di cuenta de que estaba borracha. Henry contestaba a mis preguntas, cada vez más incoherentes y personales, con una distancia amable, y en un tono completamente distinto del que había surgido ente nosotros durante las noches que pasamos solos en la oficina. Era como si intentáramos poner distancia con educación, y en vez de hablar conmigo se pasó la mayor parte de la cena interrogando a un colega sobre los pros y contras de tener un montón de abono orgánico en el patio. Me arrepentí ya en el taxi de vuelta a casa: tenía la sensación de haber hecho el ridículo sin saber cómo. Había solitarios paseantes nocturnos que regresaban cansados a casa o por la Avenida de los Amigos Unidos como perseguidos por copos de nieve. Le di una propina demasiado generosa al taxista, abrí la puerta del piso, me quité los zapatos en el recibidor, dejé la ropa en el suelo del salón y me tumbé en la cama, encima de la colcha. Sentí las náuseas en la garganta como un escalofrío amargo y noté que la cama pasaba como un rayo por un túnel invisible. Me tumbé boca arriba e intenté concentrarme en un punto del techo, hasta que finalmente me dormí sin darme cuenta. Luego soñé con Henry. Estábamos tumbados juntos en una cama, en ropa interior, en una gran habitación blanca con las cortinas ondeando ante una ventana con la persiana bajada. Se entendía que estábamos a punto de besarnos, pero no acababa de suceder. El tiempo se expandía y se contraía. De repente se oyó un gran jolgorio en la habitación de al lado. Entró gente a buscar cosas. Henry salió también para buscar algo y volvió, pero se incorporó de nuevo. «Pronto —pensé en

el sueño—, pronto me besará.» Cuando sonó el despertador, al principio no sabía dónde estaba, pero en cuanto
me di cuenta de que estaba en mi cama, mi primera reacción fue aferrarme al sueño.

Llevé a cabo mis rutinas matutinas como aturdida:
me duché, me lavé los dientes y me vestí sin saber qué
estaba haciendo. Todas las células de mi cuerpo querían
huir, y en el tren de camino al trabajo me senté un poco
encorvada sobre mi propio cuerpo, como si me hubieran
dado un puñetazo en el estómago. Era resaca y arrepen-
timiento químico, la sensación de no estar cien por cien
segura de qué había dicho a quién la noche anterior, y
mientras contemplaba los grises suburbios que pasaban
zumbando junto a la ventana del tren de camino al pueblo del departamento, al tiempo que examinaba cada palabra y cada acción que recordaba de la víspera, por primera vez pensé en serio que probablemente me había
colgado de Henry.

Al cabo de unas semanas, mi jefe me llamó de forma
inesperada a su despacho y me pidió que reuniera a un
«equipo de ensueño», según sus palabras. Llevaríamos a
cabo estudios preliminares y cálculos preparatorios de
una potencial misión de asistencia en el protectorado
de Kyzyl Kum, en la frontera entre Turkmenistán y Uzbekistán, una zona que era responsabilidad de la Unión
de la Amistad desde la Segunda Guerra Fría a principio de
la década de 2000. Cuanto más me hablaba, más imposible parecía. Ni siquiera el proyecto de asistencia en sí,
en la vaga descripción, parecía factible, sonaba por lo
menos difícil lograr estimaciones razonables de cuánto
trabajo, material y personal sería necesario debido a la
combinación de pautas ambiguas y estrictos límites pre-

supuestarios. Aun así, las piernas me temblaban mientras hablaba. Era más una sensación que algo que dijera él, la de que por una vez podría hacer algo que tuviera algún significado. Algo bueno. Requeriría trabajar duro en una mesa con varios cálculos presupuestarios, además de coordinación entre varias unidades que destacaban por su mala organización, y el tiempo del que disponíamos era muy limitado. En general, era una tarea imposible, pero no podía evitar tener la sensación de que en algún lugar, bajo las capas de burocracia y las complicaciones, había una mínima posibilidad. Así que acepté, y disfruté de la cara de sorpresa de mi jefe cuando, tras cerciorarme de que realmente tenía autoridad para escoger a los miembros de mi equipo, acepté el encargo.

—Siempre y cuando ellos acepten —aclaró mi jefe mientras me daba un apretón de manos con una expresión de desconcierto. Era obvio que esperaba una reacción distinta, tal vez de rabia, pues intentaba rebajarme uno o dos peldaños en el escalafón fingiendo que no era eso en absoluto. Más discusión, tal vez, más resistencia.

Lo primero que hice al terminar la reunión fue entrar en el mar de cubículos a la caza de Henry. Habíamos comido unas cuantas veces desde que terminó nuestro último proyecto, pero era como si nuestro lenguaje secreto hubiera quedado a un lado en cuanto dejamos de trabajar juntos, y me alegré de contar con la excusa perfecta para intentar restablecer nuestra alianza. Lo encontré en el vestíbulo, y mientras lo arrastraba a la cafetería y empezaba a contarle el encargo, le vi un brillo en los ojos. Resulta que durante los años que pasó en el ejército se había formado en el tipo de programa de cálculo que necesitaríamos para conseguir una visión global, así que era una pieza perfecta para el equipo del proyecto. Estuvimos un buen rato hablando de cómo procederíamos, quién encajaría de nuestra unidad y cómo habría que plantear el proyecto, tanto en cuanto a la pura logística como a calendario. De pronto fue como si estuviéramos de nuevo en nuestra burbuja. Cuando nos separamos aquella tarde, me sentí aliviada: por primera vez tenía la absoluta certeza de que, fuera lo que fuese, existía un vínculo entre Henry y yo, y ambos lo notábamos.

Cuando llegué al trabajo al día siguiente encontré un mensaje de correo electrónico de Henry, escrito la madrugada anterior, en el que me informaba de manera cortante de que al final no le sería posible formar parte del proyecto porque consideraba que sus conocimientos del tema a tratar eran demasiado elementales e inadecuados. Escribió: «… por tanto, por desgracia tengo que retractarme, espero no causarte muchas molestias. Saludos». Era un correo muy formal, como si lo hubiera escrito un desconocido para cancelar con amabilidad pero con firmeza la suscripción a una revista. Al cabo de una hora más o menos, nuestra secretaria de la unidad entró en los cubículos con el mensaje de que Henry tenía la gripe y no iría a trabajar aquel día. Al día siguiente volvió, pero no dijo una palabra sobre el proyecto ni sobre su extraño mensaje, tan impersonal y distante. Siguió tratándome con educación y de forma correcta. Al cabo de un mes, dejó nuestra unidad y empezó a trabajar lejos, en los edificios F, como director de unidad de un programa que evaluaba la rehabilitación. En su último día nos despedimos con un rápido abrazo, incómodo e impersonal, y la vaga promesa de comer algún día juntos en el futuro. Nunca ocurrió, porque él no dio señales de vida. Lo veía de vez en cuando a distancia en la estación de tren, pero no volví a hablar con él.

Hasta que lo vi en Isola.

El proyecto que Henry rechazó resultó ser un éxito, pese a todos los contratiempos y de forma totalmente inesperada. De alguna manera, seguramente sobre todo para darle una lección a mi jefe, al que aborrecía (y tal vez también a Henry), logré cumplirlo todo dentro del tiempo y el presupuesto asignados, y con el resultado deseado. En consecuencia, algunos miembros de mi equipo y yo fuimos de visita a Kyzyl Kum para asegurarnos de que todo iba según el plan cuando empezó el proyecto de asistencia. En un principio nuestra visita debía ser única, pero luego nos pidieron que volviéramos una y otra vez, cada vez durante períodos más largos, y al final me vi dirigiendo todo el proyecto sobre el terreno, además de estar a cargo de la coordinación con las fuerzas militares. Cuando surgieron desacuerdos entre los clanes, la seguridad se deterioró y se expandió la inquietud en la zona, de pronto éramos los únicos trabajadores humanitarios sobre el terreno. También estaba el ejército, por supuesto, pero a la población local le daba miedo, y con razón. Así que se dirigían a nosotros, y en vez de ser la directora de un centro de asistencia de pronto me vi a cargo de un campo de refugiados que crecía cada día que pasaba, una tarea que por desgracia no tenía ni idea de cómo abordar. Nada de lo que había hecho en mi vida hasta entonces me había preparado para eso, para esa improbable riada de gente desesperada sin nada más que la ropa que llevaban. Los refuerzos y la ayuda que nos prometieron nunca llegaron, y cuando llegó fue tan escasa que era insultante.

Intenté compensar mi falta de conocimientos y todas las demás carencias trabajando todo lo que podía. Al principio suponía todo el día, pero al final fue también toda la noche. Y funcionó. Era como si hubiera descubierto una cuenta bancaria oculta dentro de mí misma que hasta entonces estaba ahí llena de sumas enormes. Hice cosas de las que jamás me consideré capaz, retirando cada vez más de mis fondos internos, y cuando descubrí el coste que me suponía era demasiado tarde. En aquel momento no había tiempo para ese tipo de reflexión. Lo que importaba era el resultado final. Así que seguí trabajando, con los demás. Trabajamos hasta que los ojos ya no enfocaban, y de pronto me di cuenta de que ante los ojos distantes de los demás nos habíamos convertido en una especie de héroes. Empezaron a llegar periodistas a vernos: hacían fotografías, preguntas y regresaban a casa en sus transportes seguros. A veces nos enviaban páginas de periódicos en el correo no seguro donde se hablaba de nuestras espectaculares hazañas, que sonaban surrealistas y ridículas en cuanto nos levantábamos en el lodo para intentar explicarle a la gente por qué no había comida y por qué no podíamos ayudarles a escapar. Pero no paraba de suceder. Nos dieron condecoraciones y recibimos atención de los medios. Mi joven jefe fue promocionado a otra unidad, y yo me hacía cada vez más famosa. Cada vez que volvía a casa era peor. Me invitaron a participar en programas de radio y televisión, primero en calidad de experta en Kyzyl Kum, pero a medida que pasaba el tiempo el interés se fue centrando en mí personalmente. Uno de los grandes portales de noticias estatales me incluyó en la lista de «Heroínas de la Unión». Recibí ofertas para cocinar con chefs famosos en televisión, hacer reformas en mi salón con aclamados interioristas con un gusto pésimo, sentarme en primera fila en grandes galas y funciones, caminar sobre alfombras rojas. Siempre rechacé las invitaciones. Me aterrorizaba convertirme en alguien que todo el mundo reconociera, y siempre era un alivio regresar a la catástrofe, por extraño que parezca.

Al final, algo tenía que fallar. Por supuesto. Por muchos motivos. Y cuando empezó a desmoronarse, ocurrió rápido. Me ordenaron poner fin al proyecto y me fui de Kyzyl Kum al cabo de dos años de haber llegado. Cuando volví, estaba muy mal. Me pasé el primer mes en casa, en la unidad cerrada de recuperación del hospital de veteranos. Más tarde me trasladaron a unidades de rehabilitación más especializadas y finalmente me dieron el alta y pude regresar a casa, con mi familia y mi mesa del departamento. Entonces llegó la melancolía, la sensación de falta de sentido y la vergüenza. Porque ahí estaba yo, de vuelta, en mi país seguro, en mi cómoda casa, con mi nevera. La gente de Kyzyl Kum seguía ahí, y yo les había fallado en muchos sentidos. Recordé un libro que había leído mucho antes sobre cómo la gente que ha vivido tragedias a menudo se ve abrumada por terribles sentimientos de culpa por haber sobrevivido, algo que en aquel momento me pareció absurdo. Ahora, tras mi estancia en Kyzyl Kum, lo entendía perfectamente. Era como si no estuviera bien, como si algo se hubiera estropeado, o tal vez era yo, ¿y si había engañado? La primera vez que volví a casa y estuve en el hospital, solo quería dormir, pero en cuanto me dieron el alta de los diversos pasos de rehabilitación y volví a mi vida diaria, cada vez me costaba más dormir. Seguía con Kyzyl Kum metido en el cuerpo. Era como un minero que ya no puede quitarse el hollín de las manos. El miedo y la incertidumbre formaban parte de mí. Las noches frías, el miedo, los susurros desde los dormitorios, las explosiones nocturnas, a veces a lo lejos, otras muy cerca. Oía corretear a las ratas, a la gente moverse, me tapaba con la fina manta del ejército como si me estuviera helando, aunque estuviera sola en mi piso bajo un cálido edredón. Muchas veces acababa sentada en el sofá de noche, mirando sin ver programas de televisión sobre animales peligrosos, guerras o crímenes cometidos hace mucho tiempo. Noticiarios en blanco y negro y documentales lentos que se emitían cuando la gente normal estaba dormida. A menudo me quedaba así hasta que el periódico de la mañana caía por la ranura del buzón al amanecer. Era un sonido que me daba miedo y alegría a la vez, una señal de que esa noche también se había perdido, de que había fracasado oficialmente una vez más, lo que significaba que podía tumbarme y dormir a pierna suelta durante unas horas antes de que sonara el despertador para tirar de mí otro día.

Siri seguía viviendo con Nour. No tenía nada de extraño, y al mismo tiempo sí. Incluso cuando nació Siri, Nour me sorprendió con cosas que nunca le había visto hacer durante mi propia infancia. Su primer regalo para Siri fue un vestido que parecía un pastel para la boda de un oligarca, una tarta gigante, rosa y blanca, con encaje por todas partes. Cuando le di la vuelta al vestido vi que solo se podía lavar en la tintorería, pero cuando comenté lo absurdo de regalar a una niña un vestido que no se podía meter en la lavadora, Nour hizo un gesto de enfado con la cabeza.

—No puedes ser tan estricta, Anna —dijo, y le dio una larga calada al cigarrillo que se había encendido en el hospital pese a todos los carteles de advertencia—. Deja que la niña tenga ropa bonita, no hace mal a nadie.

Era bastante gracioso viniendo de una mujer que le cortaba el pelo a su hija con las tijeras de la cocina y la dejaba ir vestida con ropa de pionero de segunda mano todos los días, año tras año, porque era «barata, práctica y política», los tres lemas de Nour en mi educación por entonces. Pero si había algo en lo que Nour era buena, era en olvidar. Agradecí que mostrara algún interés en Siri: desde mi punto de vista no era una consecuencia directa del hecho de ser abuela.

Pronto se vio que Nour no solo mostraba interés por Siri, la quería de verdad. Y Siri a ella. Su Mommo con las mejillas arrugadas, el cabello negro (Nour tenía el pelo gris, tal vez blanco, desde hacía años, pero se lo seguía tiñendo), las tachuelas y las mangas arremangadas; Mommo, que olía a tabaco y champú de pachuli, que daba golpes con la muleta contra el suelo cuando estaba enfadada, hacía *cevapcici* mientras tarareaba y fumaba en la cocina de su viejo piso en el barrio de Olof Palme, antes llamado Gamla Stan. Antes de que me fuese a Kyzyl Kum, Siri ya pasaba mucho tiempo allí. Tal vez demasiado, pensaba a veces en retrospectiva. Nour la recogía de la guardería de pioneros, se llevaba a Siri a casa, preparaba la comida. Yo iba a recogerla a casa de Nour hacia las siete, y cuando trabajaba hasta tarde se quedaba a dormir.

Con el tiempo, el despacho de Nour se convirtió en el dormitorio de Siri. Como Nour, los montones de libros y papeles hicieron algo que nunca habían hecho durante mi infancia: se movieron a un lado y dejaron espacio. Un lento ejército de animales y juguetes, vestiditos y hojas de flores fue conquistando cada vez más territorio en una ingeniosa maniobra de tenazas hasta que los montones de libros se retiraron y acabaron amontonados junto a la pared. Al final algunos incluso acabaron en cajas de cartón en el desván. Así que no fue raro que Nour se hiciera cargo de Siri cuando me fui la primera vez. Lo extraño fue lo que ocurrió después: Siri nunca volvió a casa, y yo no sé muy bien cómo acabó la cosa así. Recuerdo un pasaje de una de las viejas novelas polvorientas favoritas de Nour, que teóricamente me había obligado a leer cuando era pequeña, en el que preguntan a uno de los personajes principales cómo llegó a la ruina económica, y él contesta: «Poco a poco, y luego de repente». Eso es justo lo que ocurrió cuando Siri se mudó a casa de Nour. La primera vez que volví de Kyzyl Kum ya sabía que me iría de nuevo pronto, así que no tenía sentido llevármela a casa. Y la siguiente vez tampoco tuvo sentido. Y otra vez. Y luego, cuando regresé a casa enferma, no solo no tenía sentido, era imposible. Y al final no tenía sentido por motivos más difíciles. Las observaba juntas, a Siri y Nour, con las cabezas oscuras inclinadas, una más grande que la otra. Habían empezado a ser una. Cuando salían a pasear, Nour llevaba la muleta en una mano y a Siri en la otra, aunque debía de ser difícil e inestable.

Yo nunca viví esa parte de Nour. De pronto un gran cariño emanaba de sus manos. Preparaban comida, peinaban el cabello, arropaban con mantas, subían cremalleras, ataban cordones. Y Siri siempre tenía una mano encima de ella, en el pelo, en el brazo, contra la mejilla. Cuando las veía juntas veía un sistema cerrado y autosuficiente en el que la energía se transmitía de una parte a otra, en el que en realidad no faltaba nada. Yo había estado ausente, ellas en casa; se habían adaptado la una a la vida de la otra, y yo era una excepción. Era como si la mayoría de las veces yo fuera una molestia, como si ambas se avergonzaran porque deberían quererme pero no podían. Así que Siri se quedó en casa con Nour. Yo era la que iba de visita, dos veces por semana. Incluso cuando estábamos todas en la misma habitación tenía la sensación de que yo las observaba desde fuera. Ellas estaban sentadas en un círculo de luz, apoyadas la una en la otra, sobre un proyecto conjunto que exigía toda su atención. Una parte de mí quería sacar la mano y tocarlas, pero no me atrevía. Ya no formaba parte de mi propia familia. Ellas eran un todo: yo me había vuelto otra persona.

La persona que me miró desde el espejo esos días era alguien muy parecido a mí: una mujer alta y delgada de mediana edad, pelo corto que ya no era rubio sino canoso, vestida con ropa oscura y práctica. Tenía el rostro demacrado, serio; tal vez en otra época fue guapa, o por lo menos no del todo desagradable, si no fuera por los indicios de arrugas, el eccema rojo inducido por el estrés, las ojeras. Los ojos eran el problema. Ya no eran los míos. Otra persona me miraba desde las cuencas de esos ojos conocidos: alguien se escondía ahí dentro, una persona que miraba desde una ventana oscura, oculta en la oscuridad, imposible de ver. Me vi deseando cada vez con más frecuencia estar de nuevo en el campo de Kyzyl Kum, aunque era el último lugar en la Tierra al que quería ir. Estaba en casa, y aun así nunca me había sentido tan perdida.

Así estaba cuando me ofrecieron el puesto.

ESTOCOLMO
PROTECTORADO DE SUECIA
MARZO DE 2037

$\mathcal{L}$a tarde antes de partir, fui a despedirme de Nour y Siri. El piso de Nour estaba en un callejón de los más antiguos de Estocolmo. El barrio de Olof Palme era casi el único que había sobrevivido a la demolición. Hasta había aún adoquines en algunas calles, y a mí me alegraba en secreto que esa parte de la ciudad no hubiera sido arrasada para homogeneizarla, aunque jamás lo admitiría en voz alta. A Nour le permitieron ocupar el piso del abuelo cuando él regresó a Bosnia, que había salido de la Unión tras la Guerra de los Balcanes. Fue después de que empezaran a construir en serio los barrios externos, que contaban con un servicio de tren rápido cada cinco minutos. De pronto la vida en la ciudad parecía sórdida y de clase baja, y así acabamos con la peculiar realidad en que los únicos que vivían en los preciosos pisos de la parte antigua de la ciudad eran inmigrantes como el abuelo. Y ahora Nour.

Atravesé la puerta principal y subí los peldaños estrechos e irregulares de piedra, desgastados y un poco inclinados, como viejas pastillas de jabón. Era un misterio cómo Nour conseguía subirlos con la muleta. Llegaba tarde, como de costumbre, y me abrió la puerta con la expresión adusta.

—No pensaba que fueras a aparecer —dijo mientras me dejaba pasar.

—¿Por qué no iba a venir?

Me quité los zapatos y los dejé junto a las botas de invierno de Siri, que estaban bien colocadas debajo de su chaqueta. Eran unas botitas negras con el borde de piel blanca. Parecían nuevas y caras. Pensé en preguntarle a Nour cuánto habían costado y ofrecerme a pagarlas, pero no me atreví. Nour caminó a la cocina sin responder a mi pregunta y empezó a hacer ruido con los platos mientras decía algo que no oía.

—¿Qué?

50 —Ya está en la cama. Sube y dile adiós antes de que se duerma.

Entré en el piso y subí la escalera hasta el antiguo despacho de Nour. A lo largo de los años había habido muchos despachos en todos los pisos en los que vivimos, y jamás me dejó entrar sin permiso. Ahora había un cartel en la puerta hecho con lápices de colores de un gato feliz y unas flores en el que Siri había impreso su nombre con letras multicolores que se expandían. Llamé con suavidad, y al ver que no contestaba entré. Siri estaba acostada, con sus sábanas de topos azules, hojeando un libro que le había regalado yo sobre un oso que empieza en el colegio. Estaba rodeada de animales de peluche con la mirada vacía de sus ojos de botón, y en la pared encima de la cama había una foto de ella y yo juntas en Kyzyl Kum. Dos sonrisas idénticas y su pelo largo y moreno junto al mío, corto y rubio. Durante mi primera visita, Nour y ella fueron a verme, cuando mi trabajo era administrativo. Fue antes del frío y los refugiados, antes de la violencia. Durante mis viajes posteriores no hubo visitas. Ni más fotos familiares.

Me senté en la cama a su lado. Su cuerpo se tensó al instante.

—¿Quieres que te lo lea?

Ella negó con la cabeza y me miró con los ojos abiertos de par en par como un gato. Por un momento dudé, luego estiré la mano y le aparté el flequillo moreno de la frente. Su pelo tenía un tacto muy agradable y un poco grueso. Ella contuvo la respiración un segundo, pero luego apoyó la cabeza en mi costado. La rodeé con el brazo y la atraje hacia mí. Estuvimos así sentadas un momento, ambas un tanto incómodas, pero aun así sentimos la repentina cercanía que yo, por lo menos, no quería interrumpir. Le acaricié las mejillas. Estaban blandas y suaves. Su redondez infantil de la foto empezaba a desaparecer, y en algunos instantes se intuía la angulosidad y belleza que probablemente desarrollaría de adolescente. Los brazos delgados descansaban sobre la manta, con el libro entre las manos. Cuando era un bebé siempre me estaba agarrando de la mano, con la mejilla contra el pecho y su corazón contra el mío.

—¿Sabes que me voy otra vez?

Noté que se ponía tensa de nuevo. No dijo nada pero asintió un momento.

—Esta vez serán solo unos días, luego volveré a casa. Y luego me quedaré, no me iré más.

Tenía el cuerpo rígido y quieto, salvo por los movimientos inquietos de las manos, que toqueteaban un hilo que se había soltado del edredón. Seguí acariciándole la mejilla.

51

—Y cuando vuelva a casa podremos hacer millones de cosas divertidas. Podemos ir al mar otra vez, ¿te gustaría?

No contestaba. Notaba el tono forzado de mi voz, alegre y halagador. ¿Por qué iba a querer ir al mar conmigo? Ya casi ni me conocía.

—Bueno, es hora de dormir; nos veremos en unos días. Buenas noches, cariño, que duermas bien.

Le cogí el libro, la arropé, le di un beso en la mejilla y apagué la luz. Estaba tumbada boca arriba, de cara a la pared. El contorno de su cuerpo delgado apenas era visible bajo el edredón inflado. Justo cuando estaba saliendo de la habitación a oscuras, oí su voz por primera vez desde que había entrado:

—¿Mamá?

—Dime, cariño.

—¿Vas a volver?

Dudé un segundo de más.

—Claro que voy a volver. A dormir, cariño.

Mientras bajaba la escalera, noté mal sabor en la boca, y hasta que no levanté la mano para limpiarla no me di cuenta de que eran mis lágrimas.

Entré en el salón y me detuve allí un momento. No era solo el edificio lo que era antiguo, toda la casa de Nour era como una pieza de un viejo mundo. Cuando era pequeña lo decoraba con muebles de IKEA y Hellerau, como recomendaba el Partido, pero a medida que pasaron los años y su entusiasmo personal por el Partido decaía, su casa se iba pareciendo más a la del abuelo. Fotografías de antiguos parientes en vez de dirigentes del Partido, alfombras orientales en el suelo y viejos libros en las estanterías. Y no solo ahí: había libros polvorientos por todas partes. Nour dice que cuando el abuelo llegó de Bosnia en la década de 1970, cuando el país aún formaba parte de Yugoslavia, no era raro ver extranjeros. Hoy en día apenas se veían. La mayoría se fueron de la zona del mar Báltico tras el Golpe del Muro de 1989, cuando los disidentes intentaron derrocar el muro que separaba Alemania oriental y occidental, antes de la anexión. Nour y su casa eran una raza en extinción en este mundo. En cierto modo me alegraba de que Siri hubiera llegado a tenerlos en su vida, aunque pudiera causarle problemas en el futuro.

Entré en la cocina y me senté a la mesa. Nour aún estaba lavando los platos, de espaldas a mí. De pronto bajó las manos y dejó de trabajar, aunque aún no se había dado la vuelta.

—Se pregunta qué planes tienes, ya sabes.

—¿A qué te refieres?

—Por qué tienes que desaparecer todo el tiempo.

Sentí el pánico en el pecho, la urgencia de defenderme. Me quedé sentada sin hablar un momento. Luego dije:

—Pero te tiene a ti.

Nour se dio la vuelta. Tenía ojeras. De pronto se me ocurrió que estaba a punto de cumplir setenta años. Siempre la había considerado inmortal, alguien que existía fuera del tiempo. Me escudriñó con la mirada, se volvió hacia el armario, sacó dos vasos y una botella de vodka, se sentó frente a mí, colocó los vasos delante y los llenó. Se me quedó mirando un rato, como si intentara decidir si estaría receptiva a lo que tenía que decirme.

—No te enfades —dijo por fin.

—¿Por qué?

—Por lo que voy a preguntarte.

—Bueno, eso depende de lo que vayas a preguntarme, ¿no?

—No lo camufles con bromas: es serio.

No dejaba de mirarme.

—De acuerdo, pregunta.

Nour se levantó las gafas, bebió un trago largo y rápido y lo volvió a dejar.

—Lo que quiero saber es: ¿vas a volver?

—Estaré fuera dos o tres días, y luego...

Nour negó con la cabeza con vehemencia.

—No, no, no, no me refiero a eso. Me refiero a cuándo vas a volver.

Clavé los ojos en ella hasta que apartó la mirada hacia la ventana oscura. Ninguna dijo nada durante un buen rato. Al final Nour volvió a hablar, en voz baja:

—Ahí arriba hay una niña acostada que no sabe si tiene madre. Y no habla de ello, pero la reconcome por dentro. Lo veo, aunque tú no lo veas.

54

—Pero te tiene a ti —repetí en tono apagado, como un mantra. Nour seguía mirando con obstinación por la ventana.

—El problema es que yo no soy su madre. Soy tu madre. Y resulta que yo también quiero saber si... —Se detuvo a media frase. Vi que tragaba saliva.

—¿Saber qué?

—Si vas a volver. Si quieres vivir.

Una lágrima corría por la mejilla de Nour, y no se la limpió.

—Mi niña —dijo en voz baja, sin mirarme. No sabía si hablaba de mí o de Siri. Vacié el vaso de un trago, sentía el pulso en los oídos, luego me levanté y me acerqué a Nour, que seguía sentada en tensión y mirando por la ventana. Le di un beso firme en la cabeza, donde empezaba a crecer pelo blanco bajo el tinte, que hacía que pareciera que llevaba peluca.

—Nos vemos en unos días, Nour.

Salí al recibidor, me puse el abrigo y las botas todo lo rápido que pude, bajé corriendo la escalera y salí a la calle, donde vomité en un cubo de la basura.

Al día siguiente por la mañana salí de casa antes de que fuera de día. Un taxi me recogió en el callejón junto a mi piso. Pequeños copos de nieve bailaron en el aire cuando el taxista enfadado metió mi equipaje en el maletero. Me asaltó la necesidad de darme la vuelta y hacer una fotografía de mi edificio, como si fuera a irme durante mucho tiempo.

El taxista salió de la ciudad y pasó por los grandes muelles industriales donde el lago se convertía en mar; merodeó entre almacenes y montones de contenedores antes de detenerse en un embarcadero con las puertas cerradas. Sacó mi equipaje del maletero y lo dejó en el suelo, pero antes de que me diera tiempo a preguntar si se suponía que debía pagar o firmar un recibo ya se había metido en el taxi y se había ido. Me quedé allí sola, pensando en qué hacer, cuando vi a un hombre de uniforme acercándose desde el otro lado de la verja. Sin mediar palabra, abrió los candados que cerraban unas gruesas cadenas y me dejó pasar. Miré alrededor y vi que había una cámara de vigilancia montada en uno de los altos postes de la entrada, y supuse que así se habían enterado de mi llegada. La blanca nieve había cubierto el suelo como una fina capa de azúcar en polvo y, mientras caminábamos por el embarcadero, me di la vuelta para observar mis propias huellas. Ya las estaba cubriendo de nuevo la nieve.

Atracado en el extremo del embarcadero había un barco a motor gris, de tipo militar, y reconocí la esbelta silueta del secretario en el muelle. A su lado había una mujer que supuse era la médica, Katerina Ivanóvich.

Era más joven que yo, más de lo que esperaba, con el cabello rubio recogido en una cola sencilla y unos brillantes ojos oscuros en un rostro amplio. Llevaba ropa práctica e informal y de un hombro le colgaba una mochila fabricada con una tela de alto rendimiento. Pese a la crudeza de la mañana y el borroso amanecer, parecía llena de energía, como una guía de pioneros de camino a nuevas aventuras en la montaña, lo que me hizo ser más consciente de las arrugas en mi rostro, inducidas por el sueño y el estrés. Me dio un apretón de manos con cierta firmeza cuando me presenté.

—Hola, Anna. Yo soy Katerina. Llámame Katia.

Me miró a los ojos, y por cómo pronunció mi nombre cuando me presenté entendí que estaba acostumbrada a inspirar confianza rápido en los desconocidos. Era una especie de protocolo secreto para médicos, psicólogos y curas. Me pregunté con qué la tenían atrapada, teniendo en cuenta que había aceptado el trabajo.

El secretario sacó su cigarrillo en el muelle y se puso el abrigo gris por encima.

—Bueno, supongo que es hora de embarcar, podemos comentar los detalles durante el viaje. Tardaremos unas horas, así que sugiero que salgamos lo antes posible.

El barco tenía dos dependencias bajo cubierta. Un salón con sofás de piel marrón atornillados a la pared, y a su lado había una cabina con literas estrechas. El secretario hizo un gesto con la mano, Katia y yo nos sentamos en medio del sofá y aceptamos la oferta de un café de la máquina incorporada en la pared. Tenía un sabor extraño, como a quemado, y el vaso de papel parecía fino, como si tuvieras que terminarte la bebida rápido, antes de que se disolviera. Pero era café, y estaba caliente. Le di un sorbo al mío, demasiado grande y demasiado rápido, y me quemé la lengua. Entretanto el secretario soplaba su vaso con sus labios finos, como si intentara tocar una flauta de pan deformada. Luego lo dejó y empezó a hablar.

—He pensado en refrescarles la memoria repasando las instrucciones para su colaboración en la isla. Lo que va a pasar es que usted, Anna, será presentada como una de las candidatas al puesto en el grupo RAN. Katia, en cambio, será presentada como médica, disponible como recurso en la isla si alguien enferma, por ejemplo, o tiene algún tipo de accidente. También es nuestra excusa para disponer de un puesto médico en el sótano y ofrecer una buena atención, ya que una evacuación de rescate requeriría tiempo. A fin de cuentas, no queremos parecer irresponsables —dijo, sin ser consciente de la ironía—. La prueba de estrés durará cuarenta y ocho horas. Esta noche usted, Anna, será «asesinada». —Hizo la señal de las comillas con los dedos—. Katia la anestesiará y le dará un relajante muscular para que no tenga movimientos reflejos. Y usted Katia, más tarde, «descubrirá» el «asesinato»… —no se molestó ni en bajar las manos entre las dos palabras—… e irá a buscar a uno de los candidatos para que sea testigo de lo ocurrido. Tendremos que asegurarnos de que el testigo esté bien drogado en ese momento para que él o ella no estén muy atentos. Luego, Anna, la colocarán en el congelador de arcón del puesto médico antes de que nadie pueda examinarla. El congelador quedará sellado, y diremos que Katia es la única que tiene el código. En realidad usted, Anna, podrá abrirlo desde dentro para salir del puesto médico y bajar al Nivel Estratégico, y en cuanto los efectos de los medicamentos se hayan diluido, podrá descender por la escotilla que hay en el suelo del congelador. Luego vendrá el proceso cuidadoso de observación y evaluación, y cuando se acabe el tiempo iremos a la isla y recogeremos a los candidatos y a vosotras dos. Los candidatos sabrán lo ocurrido en el barco de camino a casa y nuestro equipo se ocupará de ellos. Usted, Anna, nos entregará el informe general y nos recomendará a su ganador. ¿Alguna pregunta?

Me aclaré la garganta antes de abrir la boca, temerosa de que no me saliera la voz tras el largo discurso del secretario, al tiempo que sopesaba hasta qué punto podía ser sincera. El secretario no era el Presidente, no tenía su poder, aunque sin duda le rendía cuentas directamente. Tal vez podía permitirme unas cuantas preguntas críticas.

—¿Entonces no vendrán a la isla hasta que hayan pasado cuarenta y ocho horas, pase lo que pase?

—Correcto.

—¿Y qué ocurrirá si alguien no lo lleva bien? ¿Si alguien se derrumba?

El secretario lanzó una mirada elocuente a Katia, que tomó la palabra.

—En ese caso hay una serie de potenciales soluciones a las que recurrir, no hay de qué preocuparse.

—¿Qué tipo de soluciones?

Katia dudó.

—Soluciones farmacéuticas, principalmente.

—¿Así que el plan es medicar a todo el que tenga un ataque de nervios hasta que termine el ejercicio? ¿Cómo encaja eso con su ética de la medicina, Katia?

Katia parecía incómoda, una pequeña arruga se instaló bajo sus pequeños ojos oscuros.

—Puede verse de muchas maneras, por supuesto, pero hoy en día existen medicaciones de gran calidad y eficacia contra la ansiedad que se pueden usar en momentos de crisis, como sabrá por su estancia en Kyzyl Kum, si no he entendido mal.

Mencionó la cuestión de una manera casual, pero me hizo sentir una leve náusea. Estaba claro que sabía de mí más que yo de ella. Decidí dejar el tema y me encogí de hombros.

—Bueno, yo no estoy a cargo del puesto médico, así que se lo dejo a usted.

—Perfecto —exclamó el secretario—. Al fin y al cabo la colaboración entre ustedes es necesaria para el éxito del experimento.

No pude evitarlo, pese a acabar de decidir que no era cosa mía.

—¿Y qué pasa si no sale bien?

El secretario suspiró, profundamente molesto.

—Cruzaremos ese puente cuando lleguemos. Aunque estoy seguro de que no hará falta. Por supuesto, todo ha sido preparado con meticulosidad y sabemos lo que hacemos. Ahora les sugiero que descansen un poco, no creo que puedan hacerlo mucho durante los próximos días. Hay literas en el camarote si quieren dormir; si no, pueden sentarse aquí, hay revistas y varios canales de televisión.

Me levanté y fui al camarote, donde había cuatro literas. Me metí en la de debajo de la izquierda, pero no podía dormir. Al final bajé de la litera y me fui con el secretario, que estaba inclinado sobre un montón de papeles. Cuando me vio, los tapó con el brazo en un gesto reflejo de colegial, como si intentara copiarle el examen. Me senté delante del televisor y encontré un canal que emitía todos los episodios antiguos de un programa que me gustaba de joven. Era una de las pocas series importadas que se seguía emitiendo. A principio de la década de 1990, cuando aún había canales capitalistas y no éramos un Estado de pleno derecho de la Unión, la serie tenía un éxito ridículo entre la juventud, y hubo protestas cuando el Partido decidió cancelar la emisión. Así que la televisión estatal compró los derechos, y ahora era casi una tradición y siempre se estaba emitiendo en algún canal, año tras año. Nour me contó, con disgusto mal disimulado, que antes siempre había series estadounidenses y británicas en televisión. Ahora esta era casi la única que quedaba.

El secretario me tocó el hombro, con cierta contundencia, en medio de una escena desgarradora en la que Ross y Rachel vuelven a romper por un malentendido arrastrado desde hace tiempo. No oí que se acercaba por detrás, así que di un respingo en el asiento.

—Llegaremos en quince minutos, a lo mejor quiere subir.

Me senté erguida e hice amago de levantarme cuando una ola de terror, tan fuerte que la sentí como un mareo, recorrió mi cuerpo y me retuvo en el asiento. ¿Por qué, por qué había aceptado ese trabajo? Estaba acostumbrada a situaciones desagradables en Kyzyl Kum, donde los escenarios eran desde impredecibles a amenazadores, pasando por espeluznantes, pero nunca me pregunté qué hacía ahí y de qué servía. Ahora sí. ¿Cómo me había dejado convencer?

Mi cerebro inició el conocido programa de defensa que había puesto en marcha tantas veces durante los últimos días: necesitaba el dinero, y el trabajo, y sobre todo quería que desaparecieran los informes de Kyzyl Kum. No tenía nada que perder, pero sí mucho que ganar. El hecho de repetírmelo varias veces no alivió del todo mi preocupación, pero me calmó lo suficiente para poder ponerme los zapatos, colocarme la chaqueta sobre los hombros, coger mis bolsas y subir a cubierta.

Y

Katia ya estaba apoyada en la barandilla, junto al secretario. Me coloqué al otro lado y me subí la cremallera de la chaqueta hasta el labio inferior. El viento procedente del mar gris era gélido, y el pelo volaba en todas direcciones.

—¡Ahí está Isola! —gritó el secretario, al tiempo que señalaba un punto en el horizonte.

El punto fue tomando forma, adquiriendo matices y detalles, y a medida que nos fuimos acercando me di cuenta de que por mis prejuicios me había imaginado un lugar totalmente distinto. En mi imaginación, la isla tenía un aspecto amenazador y militar. Lo que tenía ante mí era una isla ondulada en el archipiélago, con algo que parecía una rectoría a la izquierda. El edificio no era especialmente grande ni impresionante, pero los acantilados caían con brusquedad al agua, de modo que la isla parecía un pastel de piedra y hierba. Debajo había un embarcadero flotante con una escalera metálica que subía el acantilado. A medida que nos fuimos acercando me di cuenta de que el embarcadero era necesario para atracar el barco. Los acantilados eran más altos y escarpados de lo que parecían a primera vista, y unas enormes rocas sobresalían del agua incluso cerca de la tierra. De no ser por el embarcadero, habría sido imposible acercarse a la isla; me pregunté cómo tomaron tierra los primeros visitantes, por no hablar de cómo construyeron una casa.

Desembarcamos y el secretario empezó de inmediato a subir la escalera que ascendía por la pared del acantilado. Parecía estresado.

—Sería fantástico si pudiéramos darnos un poco de prisa —nos dijo con tono estridente y afectado para que el viento no se llevara sus palabras—. El otro barco está de camino, y quiero enseñarles las zonas de las instalaciones a las que solo ustedes tendrán acceso.

Tragué saliva e intenté no mirar abajo mientras subía por la pared vertical. Entonces ya llovía en vez de nevar, una lluvia fina que hacía que los peldaños de la escalera resbalaran. Maldije las suelas gastadas de mis zapatillas de tenis mientras observaba las botas de montaña con suela de caucho de Katia subiendo con seguridad por los peldaños por encima de mi cabeza. Cuando llegamos arriba, el secretario ya había empezado a caminar hacia la casa, y Katia lo siguió obediente; sus pasos entusiastas reflejaban que corría en verano y practicaba esquí de fondo en invierno, mientras los míos se arrastraban como los de una obstinada hija adolescente. Cuando nos acercamos a la casa, me di cuenta de que mi primera impresión me había engañado. Pese a la inofensiva fachada, aquel lugar tenía un aspecto amenazador. Tal vez fueran las proporciones: era demasiado grande. Las plantas estaban demasiado lejos la una de la otra, y las ventanas demasiado separadas. Se me ocurrió que podía ser por el vacío entre las paredes de cada habitación, los que me permitirían moverme con libertad y observar a todo el mundo, mientras ellos seguían ajenos al hecho de que yo estaría observándolos. Me aparté el cabello mojado de la frente y aceleré el paso, a medio correr para atrapar a Katia y al secretario.

—¿Para qué se usaba este sitio en un principio?

—Para evaluaciones —fue la escueta respuesta del secretario.

—¿Evaluaciones de qué?

—Igual que ahora. Personas en puestos delicados.

—¿Así que esta casa se construyó para poder jugar a los espías?

Me miró por encima del hombro.

—Siempre hay gente que esconde sus debilidades, y siempre hay momentos y lugares en que eso puede afectar a otras personas —dijo—. Mejor descubrirlos antes de que causen algún daño. Es lo que vamos a hacer.

Aceleró el paso para indicar que la conversación había terminado, avanzando colina arriba, pero no me rendí.

—¿De verdad confían tanto en mi criterio como para quedarse contentos con lo que yo les diga?

—Bueno, no es solo usted —dijo el secretario, al tiempo que lanzaba una mirada cariñosa a Katia Ivanóvich, que se había quedado unos metros retrasada por prudencia para evitar oír nuestra conversación—. Las dos presentarán un informe —continuó—, y estoy seguro de que al final, cuando contemos con los dos puntos de vista, tendremos una cantidad de información perfectamente satisfactoria en la que basar nuestras decisiones cuando avancemos en el proceso de selección.

Caminó aún más rápido y puso cierta distancia entre nosotros mientras se apresuraba hacia la casa.

—Aquí te pondremos cuando estés muerta.

El secretario dio un golpe en un congelador en forma de arcón en un cuarto del puesto médico del sótano que, para lo que tenía que atender, en realidad era como un pequeño hospital de campo. Excelente para tratar cortes, dislocaciones, sangrados y quemaduras, menos preparado para brotes psicóticos provocados por el estrés. Reconocí gran parte de los medicamentos que había en las estanterías por los equipos médicos que iban a Kyzyl Kum. Tal vez lo conocía demasiado bien. Había varios tipos de analgésicos, medicación contra la ansiedad y sedantes en un estante. Aparté la mirada mientras nos enseñaban el espacio, mientras pensaba en las «soluciones farmacéuticas» que había mencionado Katia Ivanóvich.

Volví a prestar atención al congelador cuando de pronto el secretario se metió dentro y se estiró en el fondo, con las manos sobre el pecho. Parecía Nosferatu.

—... y luego tendrás que hacer esto.

Presionó algo que parecía una pieza de refrigeración de la pared. Por lo visto era un botón oculto, porque justo entonces se abrió una escotilla en silencio en el suelo del congelador, a sus pies. Con un sorprendente movimiento ágil se dobló por el estómago y bajó por el agujero con los pies por delante.

—¡Muy bien, pueden seguirme!

Katia y yo nos miramos.

—Las señoritas primero —dije, y Katia me miró confusa, pero luego bajó obediente. La seguí, y cuando pasamos a la siguiente sala solté un grito ahogado.

—Bienvenidas al Nivel Estratégico —dijo el secretario.

Realmente era un sitio muy peculiar. La luz era tenue y amarillenta, como imagino que eran las lámparas de gas antiguas. El mobiliario y la tecnología también eran obsoletos, como un telégrafo de la primera mitad del siglo xx. Madera oscura, cobre brillante, piel verde desgastada en los detalles. El techo era un poco bajo, como el de un submarino, y me vi encorvada aunque en realidad no era necesario. El aire estaba enrarecido y olía a despensa. El secretario le dio a un interruptor y se encendieron varias pantallas. Las imágenes eran en blanco y negro, granuladas, aparecían las habitaciones de la casa desde cámaras montadas justo por debajo del techo. Me volví hacia él.

—Pensaba que no había cámaras.

—Estas cámaras no están conectadas con el equipo de grabación. Por suerte, son demasiado viejas para ser compatibles con la tecnología moderna. Como le dije, no queremos arriesgarnos a documentar nada. Solo se puede ver lo que ocurre en cualquier momento, pero el sonido no funciona y, a decir verdad, la calidad de la imagen tampoco es estupenda. Las cámaras son sobre todo complementarias. Nuestra experiencia nos dice que observará mejor si lo hace directamente.

—¿Se refiere a espiar por las paredes?

—Observando de un modo profesional —contestó el secretario a modo de reproche—. Y no se preocupen por la electricidad: aunque hubiera un corte arriba, aquí abajo todo funciona con generador propio.

Se dirigió a un rincón de la sala y abrió una cortina. Detrás había una pequeña cocina. Nevera, fregadero y una pequeña litera, todo dentro de menos de cinco metros cuadrados, tan pequeño que parecía construido para niños. Pensé en los que habían estado allí antes que yo. Días y noches sin ver la luz del día, observando las vidas de los demás. La documentación, el silencio. La pequeña cocina estaba impregnada de soledad.

El secretario siguió enseñándonos el lugar. Había un armario empotrado lleno de productos enlatados. Una caja de lámparas de queroseno y bengalas de emergencia. Analgésicos suaves y vendas. Y luego, junto a los escalones que habíamos bajado, había una puerta insólitamente estrecha de madera, como una entrada de cuento de hadas a otro mundo.

—Así se accede al resto de la casa.

El secretario me dio una linterna que emitía un brillo rojo apagado, como una luz de emergencia, y me invitó a pasar con un gesto; entré delante de él. Todo estaba apretujado, el techo era bajo, y cuando subí la empinada escalera me di golpes con la cabeza en el techo y rocé las paredes con los muslos. Las paredes, el suelo y el techo estaban cubiertos de un material parecido a la espuma que aislaba el sonido. Los pies se me hundían en el material, que engullía todos los ruidos que hacía al moverme. El hecho de desplazarme en un perfecto silencio me infundía una rara sensación. El secretario se encontraba justo detrás de mí. De pronto llegué a una cortina. Me di la vuelta y enfoqué la linterna roja directamente a la cara del secretario. Parecía una calavera.

—Una cortina significa que hay una habitación nueva —dijo en tono apagado—. Si tantea las paredes, encontrará ventanillas deslizantes. Ábralas a un lado para ver las habitaciones. Pero asegúrese de apagar la linterna primero.

Enfoqué a la pared, encontré una ventanilla a la altura de los ojos, apagué la linterna y abrí la ventanilla.

Vi directamente el salón que había junto a la gran escalera por dos agujeritos. Era raro estar ahí en la densa oscuridad que me rodeaba, mirando la otra habitación, bañada en luz natural. Me hacía sentir como un fantasma. El secretario me habló al oído:

—Hay equipos de sonido en todas las habitaciones, así que podrá oír las conversaciones bastante bien —dijo—. Pero claro, si la gente empieza a susurrar o a hablar a la vez será más difícil.

Encendí la linterna de nuevo y ascendimos otro tramo de escalera hasta los dormitorios. Entonces me percaté de que podría verlo absolutamente todo. Había agujeritos para espiar los dormitorios, que contenían camas y armarios roperos, incluso se podía espiar en los lavabos.

—Es esencial que pueda observarlos en todo momento —dijo el secretario, como si hubiera notado mi aversión a observar a desconocidos en el lavabo—. La gente suele sentirse más segura aquí. Es donde se revelan como son.

Me encogí de hombros en la oscuridad, como para demostrarle que no me importaba, aunque la idea de espiar a la gente sentada en el retrete me hacía sentir como una rata.

—Volvamos abajo. Ya he visto suficiente.

Le di la linterna, él se dio la vuelta con una pirueta y seguí el tenue cono de luz roja escalera abajo hasta la cocina subterránea donde pasaría los días después de ser asesinada.

De vuelta en la habitación, el secretario sacó los planos que ya había visto en su despacho. Esta vez los dormitorios estaban numerados del uno al siete: seis arriba y uno en la planta baja. Este último estaba reservado para la persona a la que despertarían en plena noche para corroborar mi muerte. Aún no había una lista de nombres que indicara quién se quedaría en cada habitación. Repasamos una vez más los pasos del plan. Dónde me asesinarían y me descubrirían (en la cocina), adónde me llevarían (al congelador de arcón) y adónde iría después. Nos interrumpió el teléfono por satélite del secretario con un zumbido. Contestó, hizo un ruido de asentimiento y colgó.

—Los demás están de camino, vamos a bajar a conocerlos.

Subimos el estrecho tramo de escalera y atravesamos la escotilla, la cerramos con cuidado, nos dirigimos a la puerta principal y fuimos hacia el borde del acantilado, por encima de la escalera y el embarcadero. Debajo vimos un barco, un poco más grande que en el que llegamos nosotros, que acababa de atracar. La primera persona en subir la escalera fue el Presidente en persona, vestido con un abrigo azul marino formal y unos brillantes zapatos de vestir. Dicen que los romanos nunca averiguaron el truco secreto que usaban los griegos al copiar su arquitectura y sus templos: los construían con columnas que se estrechaban arriba y planos horizontales arqueados que los hacían parecer ligeros, casi como si flotaran. Los romanos, por el contrario, construían sus templos guiados por la lógica, con líneas rectas que hacían que pareciera que iban a desmoronarse en cualquier momento. Lo mismo le ocurría al Presidente con su grueso abrigo: un hombre a punto de derrumbarse bajo su propio peso. El secretario se apresuró a estrecharle la mano a su manera enérgica, e intercambiaron algunas palabras. El Presidente nos hizo un breve gesto con la cabeza a Katia y a mí mientras se colocaba a nuestro lado para dejar espacio a los demás, que subían tras él.

La primera persona en subir la escalera fue una sorpresa: era una mujer de cincuenta y tantos años y, aunque no la conocía, su cara me sonaba mucho. Franziska Scheele era una de las presentadoras de televisión más famosas del país, trabajaba para uno de los principales canales estatales y su rostro había aparecido en antena miles de horas en nuestras cocinas y salones. Por lo que recuerdo, presentaba uno de los programas de política más populares, que se emitía los sábados por la noche, y probablemente había entrevistado a todos los dirigentes políticos de la Unión. Parecía mucho más frágil en la vida real que en televisión: era alta y delgada como una adolescente y preciosa, y a la vez, con un aire desgastado, como una escritora envejecida. Tenía el cabello negro retirado de la frente y recogido en un moño prieto, como siempre que aparecía en televisión, y llevaba un abrigo largo verde oscuro con el cuello de piel; parecía hecho a medida, abrigado y seco, como si estuviera pensado para ir de caza en los terrenos de una casa señorial. Cuando subió el último peldaño de la escalera extendió al aire una mano delgada cubierta de anillos y con la manicura perfecta, como si diera por hecho que aparecería alguien para ayudarla a subir el último peldaño, cosa que el secretario hizo.

La segunda persona en subir fue un hombre, más o menos de la edad de Franziska Scheele. Su ropa era estudiada, parecía cara pero informal: zapatillas coloridas, gorra, tejanos de importación y una especie de chaleco, como si fuera un príncipe consorte de la vieja Europa occidental. También me sonaba la cara, aunque me costó más situarlo. Supuse que era algún empresario, que habría visto su cara en las páginas de color salmón de la sección de economía de los periódicos.

El tercer hombre era viejo, de más de setenta años, supuse, y me pregunté por qué tipo de puesto competía esa gente si uno de los candidatos había sobrepasado la edad de jubilación y apenas podía subir la escalera. Sin embargo, cuando me saludó tuve la impresión de estar ante una persona más joven atrapada en el cuerpo de un hombre mayor. Su pelo blanco y la cara surcada de arrugas reflejaban más años que sus ojos, que eran curiosos y claros. Los ojos de un niño. Era lo contrario que yo, me dio tiempo a pensar. Una vieja miraba desde las cuencas de mis ojos.

Entonces llegó otra mujer que calculé tenía más o menos mi edad. No parecía tener problemas para subir la escalera, y su saludo fue firme e inmediato. Limpia y aseada, zapatos de tacón bajo y un práctico peinado de pelo corto. Supuse que sería una directora del sector público, tal vez no un alto cargo, pero tampoco muy lejos. Justo después de saludarla, el séptimo y último participante del experimento subió los últimos peldaños de la escalera y pisó el césped. Solté un grito ahogado.

Era Henry.

Henry

Me fijé en Anna Francis mucho antes de que ella se fijara en mí. Creo que le pasa a menudo: los demás se fijan en ella antes de que Anna haga lo propio. Algunas personas son así, es como si estuvieran hechas de algo más potente que los demás. Cuando entran en una sala, es imposible evitar mirarlas. Normalmente Anna iba corriendo por el trabajo, como si siempre llegara tarde y tuviera que correr. Siempre parecía absorta en sus pensamientos, dando vueltas con su bolsa grande, enredada en un abrigo o una bufanda. Recorría el pasillo a zancadas, era como si los demás se movieran despacio en comparación con ella. Siempre parecía de camino a algún sitio, ya fuera a la reunión matutina, la máquina del café o el lavabo. Su mesa era como un fuerte de papeles, carpetas, informes y tazas de café medio llenas en varias fases de descomposición. Ella se sentaba en un hueco en el medio, como si quisiera montar una barricada para aislarse del resto de la oficina. Tenía una voz aguda y penetrante, todo el mundo en la unidad sabía quién era, pero no era exactamente querida. Aunque todos reconocían que era buena en lo que hacía, tenía reputación de difícil. A mucha gente, por ejemplo, le molestaba que siempre hiciera una tonelada de preguntas críticas en todas las reuniones, normalmente cuando ya casi habían terminado y la gente empezaba a removerse en las sillas. Era como si no pudiera evitar hacer preguntas, fuera o no el momento oportuno. Ese comportamiento empeoró cuando nos pusieron a un nuevo jefe joven, inseguro, preocupado por sí mismo y su carrera y no tan interesado en lo que estábamos haciendo. Lo sensato, por supuesto, era fingir que todo iba bien y seguirle el juego, pero Anna no disimulaba que pensaba que era un idiota. En la unidad corría el rumor de que aspiraba a su puesto, pero no lo había conseguido pese a ser más competente. Fuera cierto o no, las reuniones de la unidad empezaron a parecerse cada vez más a juicios informales en los que Anna interpretaba el papel de autoproclamada fiscal y juez. Su manera de escudriñar cada sugerencia que hacía nuestro jefe tenía un aire de superioridad moral, como si creyera en serio que era la única que veía cómo era, como si no se le hubiera ocurrido que todo el mundo pensaba que era un perdedor pero considerara que no tenía sentido, era desagradable e innecesario luchar por eso. Sin embargo, cuantas más batallas infructuosas la veía librar, en las que lo único que conseguía era parecer una persona cada vez más imposible, más empecé a darme cuenta de que no pretendía darse aires de grandeza, simplemente era así. Cuando comprendí cómo funcionaba, empezó a gustarme un poco más, aunque supongo que aún la encontraba molesta.

No sé qué despertó su interés por mí, pero ocurrió casi de la noche a la mañana. Pasó de apenas saludarme a de pronto buscar mi compañía, iniciar breves conversaciones en la máquina del café y escoger el asiento a mi lado en el comedor. La sorprendí varias veces mirándome desde el otro lado de la sala con una expresión de concentración inescrutable, como si pensara que podía encontrar alguna respuesta solo con observarme el tiempo suficiente. Poco después de notar el cambio, nos asignaron el mismo proyecto. No me entusiasmó precisamente, imaginé que pondría palos en las ruedas a todas las ideas con sus infinitas preguntas críticas y que nunca lograríamos hacer nada, pero para mi sorpresa descubrí que era muy fácil trabajar con ella. Los rumores de su extrema competencia resultaron ser ciertos; es más, era modesta y bastante divertida. La energía nerviosa que emanaba era mucho menos molesta cuando se hacía un buen uso de ella, y era más fácil de tratar. Cada vez con más frecuencia nos quedamos solos en el trabajo. Yo no tenía problemas con hacer horas extra, pero me sorprendió que Anna pudiera hacerlo noche tras noche. Sabía que era madre soltera de una niña pequeña, pero nunca le pregunté quién cuidaba de ella por las noches, y ella nunca sacó el tema. Mientras estábamos juntos trabajando, cada uno absorto en su tarea, tuve ocasión de observarla. Los hombros angulosos, el pelo corto y rubio con el flequillo largo que proyectaba sombra en las mejillas, pálidas, verdosas y afiladas bajo la poco favorecedora luz fluorescente. La mayoría de la gente se da cuenta cuando es observada, pero Anna era poco común en eso: podías contemplarla todo el rato que quisieras sin que lo notase. Se dejaba engullir por completo por lo que tuviera delante en la mesa, y parecía capaz de trabajar de forma indefinida sin perder la concentración. No obstante, a veces alzaba la vista y esbozaba una sonrisa como si dijera: «Se está bien aquí

73

trabajando, ¿verdad?». Y cuando, por una vez, era yo quien acababa en conflicto con nuestro insípido jefe, se ponía de mi parte sin reservas ni aspavientos y me defendía delante de él y de todo el grupo. Cuando le agradecí su apoyo, se encogió de hombros como si no significara mucho para ella. Di por hecho que había hecho algo para ganarme su lealtad, pero me molestaba un poco no saber exactamente qué era.

Otro aspecto que me sorprendió tras pasar tiempo con ella fue que no parecía especialmente feliz. Lo que al principio interpreté como descontento luego me pareció más bien tristeza. Una vez le pregunté por el padre de su hija, y sus ojos se tiñeron de un velo oscuro. Contestó con escuetas evasivas que nunca había formado parte de la familia. Por lo visto su madre la ayudaba bastante. La mayoría de la gente susurraba al hablar de ella porque había sido expulsada del Partido por deslealtad. A veces su madre la llamaba al trabajo, y se sabía cuándo era ella por el tono de voz de Anna. Siempre atendía la llamada en otra sala. Cuando regresaba, tenía los labios apretados y rara vez pasaban más de cinco minutos antes de que le diera un arrebato y riñera a alguien. A menudo era la que más se emborrachaba en las fiestas de la empresa, y se volvía un poco incordiante y necesitada. No estaba seguro de si tenía un problema con la bebida o pasaba una mala época.

Dejamos de pasar tiempo juntos cuando me fui de la unidad. A veces la veía esperando el tren a la ciudad, siempre con chaquetas que no parecían abrigar suficiente, con sus bolsos grandes y el pelo rubio, el viento silbante alrededor, como si siempre hubiera borrasca donde ella estaba. Pero nunca anuncié mi presencia. Las cosas estaban un poco tensas entre nosotros desde que renuncié a su proyecto de planificación que, para ser sinceros, jamás debería haberme prestado a comentar desde el principio. Fue un mal cálculo por mi parte. Cuando me paró en el pasillo para hablarme del proyecto por primera vez, lo primero que pensé fue que mi jefe lo había preparado para deshacerse de ella. Porque era imposible. Una misión suicida sin presupuesto ni objetivos razonables. Cantidades infinitas de cálculos y papeleo desmoralizador. Cualquiera con un mínimo de orgullo profesional lo habría considerado imposible. Excepto ella, que fue a quien se lo propusieron. Mientras intentaba detallar todos los problemas que podrían surgir, ante una taza de café en la cafetería de personal, iba rompiendo de forma metódica una servilleta de papel hasta que solo quedó un montón de trocitos sobre la bandeja de plástico marrón, con un brillo en los ojos como una niña de cinco años que acaba de ver un árbol de Navidad.

—¿Te das cuenta de que con esto seguramente te vas directo al infierno? —dijo ella, con su mejor sonrisa. Anna tenía un aspecto extraño en ese sentido. A veces parecía un poco tosca y fea, como una vieja estatua de Birger Jarl, pero cuando se entusiasmaba con algo se volvía verdaderamente atractiva. Estar con ella y escuchar cómo planeaba grandes hazañas era un poco como jugar a ser un niño, cuando tenías la sensación de que podía pasar cualquier cosa y todo era posible. Su entusiasmo era irresistible, y yo no la paré, aunque sabía incluso cuando estábamos ahí sentados que sus planes nunca se harían realidad. Cuando nos despedimos con calidez en la estación ante nuestros respectivos tre-

nes, empecé a sentirme incómodo, y esa misma noche
le envié un mensaje de correo electrónico en el que le
decía lo que debería haberle dicho desde el principio:
que no tenía ninguna intención de participar en un
proyecto imposible que carecía de recursos. Por supuesto, no lo dije tan directamente, inventé una excusa
razonable diciendo que no tenía experiencia suficiente
en el tema, cosa que no era cierta, pero ella no lo sabía.
Supuse que era menos doloroso que decirle la verdad.
En todo caso, debió de recibir el mensaje porque nunca
volvió a sacar el tema, pero noté que la había afectado.
Al parecer perdió el interés por mí. Aún entablábamos
conversaciones amables en la máquina de café, pero ya
no había grandes sonrisas. Empezó a tratarme con distancia de policía. Supongo que se llevó una decepción
cuando no quise participar y, aunque sabía que había
tomado la decisión correcta, su cambio de actitud me
incomodaba. En cierto modo fue un alivio alejarme de
ella cuando me ofrecieron el trabajo en el bloque F, me
mudé allí y dejé la vieja unidad.

Por supuesto, la había subestimado. Al ver que no
mencionaba el proyecto, di por hecho que lo había abandonado, pero no fue así. Poco después de dejar la unidad,
me enteré de que había seguido adelante con él, y no
solo lo llevó adelante contra todo pronóstico, también le
dieron autorización para viajar a Kyzyl Kum. Unos meses después de empezar en mi nuevo puesto, Anna y un
pequeño grupo de expertos, claramente escogidos de
otras unidades, partieron hacia la frontera entre Turkmenistán y Uzbekistán. Para sorpresa de muchos, el
proyecto resultó ser un gran éxito. Al principio hubo
reticencias internas, pero luego se fueron desvane-

ciendo. De pronto todo el mundo sabía quién era Anna Francis y hablaba de ella como si la conocieran personalmente, incluso gente que yo sabía que no la conocía. Cuantos más disturbios había en la zona, más se comentaba el proyecto de asistencia de Anna, cada vez con más admiración. Un periodista de una de las agencias de noticias estatales viajó para redactar un extenso reportaje desde el campo de refugiados de Kyzyl Kum, donde estaba destinada Anna como coordinadora. La siguieron por el campo: iba en todoterreno, ayudaba a niños, regañaba a los militares y entregaba medicamentos. La grabaron a distancia mientras ella, una mujer sola, negociaba con una guerrilla armada hasta los dientes, y la grabaron de cerca cuando le dio una manzana a un hombre pobre. Igual que cuando hacía preguntas incómodas en nuestras reuniones, costaba ver si era consciente o no, si interpretaba un papel y daba a los periodistas lo que querían o realmente no sabía que encajaba a la perfección con su relato. Sus rasgos afilados, el pelo rubio, la mirada intensa y esa seriedad tan peculiar e impenetrable la hacían parecer un arcángel, con una ciudad de tiendas azotadas por el viento de fondo y una bufanda en la cabeza para no provocar a los militares locales. La mitad del documental eran secuencias en las que Anna miraba el paisaje árido con una triste arruga entre los ojos y la bufanda mal atada ondeando con la brisa. Un narrador tranquilo y admirado no paraba de hablar de lo peligroso que era Kyzyl Kum, de lo fantástico que era el proyecto y de Anna. Sobre todo de Anna. Era una épica heroica, pura y sencilla. Estaba claro que al Partido tenía que encantarle.

De pronto, tras aquel reportaje, Anna Francis estaba presente en todas partes. Un periódico la incluyó en una posible selección en una encuesta titulada «MUJERES

QUE AGUANTAN LA UNIÓN: Vote a la mujer que más inspira del año», y bastante gente la votó. (Lo raro fue que ganó una princesa que había heredado su insignificante título tiempo atrás.) Seguí la cobertura de Anna al detalle. Leía todo lo que se escribía sobre ella, veía todas las noticias en televisión, estudié los ángulos de su rostro mediante todo tipo de pantallas, busqué su nombre demasiadas veces. Sin duda me impresionaba lo que había conseguido, pero había algo más. Me sorprendí buscando defectos y carencias, algún indicio de que hubiera fallado, disgustado a alguien, o por lo menos un poco de polémica en algún artículo de opinión o editorial. También descubrí que pasaba mucho tiempo, sobre todo de noche cuando no podía dormir, sopesando si me había equivocado o no al rechazar su oferta de participar. Pese a que siempre llegaba a la conclusión de que había tomado la única decisión sensata, no me hacía sentir bien. Yo había elegido bien y ella se había equivocado según todos los parámetros conocidos, y aun así, de un modo extraño, Anna había ganado.

Estoy seguro de que una parte de mi interés por Anna Francis se debía a que mi carrera de funcionario había llegado a un punto muerto desde que me fui de la unidad. Mi nuevo trabajo iba acompañado de un título más impresionante y un mayor sueldo y todo eso, pero mis funciones resultaron ser administrativas, monótonas, regladas y mortalmente aburridas. Lo que me había parecido un paso arriba hacia un lugar más divertido era en realidad un movimiento horizontal, un ligero avance por un largo pasillo gris. Cuando pregunté por las funciones más estimulantes que me habían prometido, sobre la mayor responsabilidad e influencia, mi jefe desvió la mirada a un lado y me sonrió con naturalidad, lo que interpreté como que no iba a hacer nada para cambiarlo. Esa sensación de estar estancado en la vida me afectó de un modo sorprendente. Antes ascendía a una velocidad constante, recibía nuevas oportunidades y ofertas dentro del ámbito militar y civil. Había trabajado mucho, y había valido la pena. De pronto ya no era así. La insatisfacción se expandía por todo mi cuerpo. Al principio empecé a ganar peso, despacio, kilo a kilo, y en el espejo veía que mis rasgos faciales iban perdiendo poco a poco los ángulos y se iban disolviendo y volviendo más confusos en los bordes. La línea de la mandíbula comenzó a fundirse con el cuello, y el cuello en los hombros. Sin pensar en por qué ocurría, empecé a ir en coche al trabajo cada vez más a menudo y a quedarme en casa de noche. Seguí así hasta que me di cuenta de lo que estaba pasando. Luego tomé las riendas y empecé a correr. Kilómetro a kilómetro, noche tras noche, fui pisando el asfalto y dibujando círculos cada vez mayores que irradiaban desde mi casa. Noches solitarias con música a todo volumen; barrios vacíos y a oscuras en los que me cruzaba con el propietario de un perro de vez en cuando, adolescentes fumándose sus cigarrillos en grupos de tres en el límite del bosque y un coche o dos cuyos faros lanzaban un rayo de luz a la oscuridad entre las farolas. Los kilos se fueron desvaneciendo y volvió mi perfil. Empecé a cuidar lo que comía, a leer recetas y estudiar nutrición; compraba comida sana y hacía menús semanales. Me pesaba y me medía de todas las maneras imaginables, conseguí una escala que calculaba la grasa corporal, medía la frecuencia cardíaca y la humedad, hice diagramas hasta que estuve seguro de que estaba en mejor forma que nunca, incluso mejor que durante mis años

79

en el ejército, y me sentí genial hasta que me di cuenta de que eso no me llevaba a ninguna parte. Por mucho que corriera, seguía estancado en el mismo punto en la oficina, en mi pasillo gris. Desde que había terminado mi carrera militar me había centrado completamente en minimizar el riesgo de hacer algo que exigiera un compromiso personal. Había evitado profundizar con los vecinos y los colegas del trabajo a base de mantener las distancias; había evitado tener mascota, familia o cualquier otro compromiso que exigiera mi atención cuando no me apeteciera. Ganaba bastante dinero y podía conseguir un poco más (bajo mano) para servicios de limpieza, fruta fresca y comida preparada, un generador que funcionaba cuando se iba la luz y, de vez en cuando, licor importado de Occidente. Lo más cómodo posible, las mínimas áreas de conflicto posibles. Era independiente, sin compromiso; no había relaciones o exigencias que me apartaran de nada. Podía trabajar hasta tarde y todo lo que quisiera, o pasar todo un fin de semana dedicado a mis aficiones, y nadie se quejaría. Siempre había pensado que era el estilo de vida ideal, pero de pronto no era suficiente. Me sentía como si alguien me hubiera engañado, pero no sabía quién.

Entonces me llamaron del Proyecto RAN. Ya durante la primera conversación (con un secretario insolente con una voz que sonaba estridente) me pareció urgente. Como una llamada que hubiera estado esperando sin saberlo. Cuando Anna me ofreció un puesto en su equipo lo rechacé, y ahora presenciaba su triunfo desde la aburrida línea de banda y estaba obligado y decidido a no cometer el mismo error si se formaba un nuevo equipo. Así que fijamos una hora y al cabo de unos días entré en la sala de uno de los pocos restaurantes de cinco estrellas de la ciudad. Llevaba mi traje importado más caro con la esperanza de que me hiciera parecer suficientemente respetable. El secretario me recibió en una sala privada del restaurante y pidió por los dos sin preguntarme qué quería comer.

—De acuerdo, entonces le interesa —dijo el secretario.

La frase me confundió, pues apenas sabía de qué se trataba.

—Sí, mucho. Pero espero saber un poco más durante esta reunión.

El secretario hizo una mueca para transmitir que el comentario le parecía innecesario, pero luego respiró y empezó a hablar.

—Como seguro habrá entendido por teléfono, se trata de una misión única. Participará en un proceso de selección muy delicado como observador. De hecho no puedo contarle mucho más hasta que lo haya aceptado. Este encargo tendrá lugar con gran secretismo, en un lugar remoto, en un grupo cerrado. Implicará a agentes ocultos, y en algunas circunstancias la situación será... digamos que tensa. Queremos que usted sea un factor estabilizador, alguien que pueda servir de ayuda y apoyo durante las fases críticas de la operación, pero que también pueda intervenir en caso de que la situación cambie. He leído su documentación y conozco bien su bagaje en el ejército. Valoramos su competencia. Le servirá a usted, y nos servirá a nosotros.

Me sentí confuso. Esperaba una oferta de un puesto en el Secretariado, tal vez dentro de la división operativa y encubierta del mismo. En cambio, lo que estaba sobre la mesa era esa vaga misión. No era en absoluto lo que esperaba.

—Lo siento, pero no entiendo muy bien qué voy a hacer. ¿De qué va todo esto?

El secretario sacó un sobre y me lo entregó. Lo miré con curiosidad, y él señaló el sobre con un gesto de la cabeza.

—Ábralo.

Abrí el sobre y saqué un montón de papeles, un dossier personal, y cuando le di la vuelta me encontré con la cara conocida en un pasaporte pegado en la esquina superior izquierda. Era Anna Francis.

Anna

*H*enry debió de leer en seguida mi expresión de incredulidad, porque cuando cruzamos la mirada hizo un gesto de negación con la cabeza, un movimiento mínimo, pero aun así muy claro. «No dejes traslucir que me conoces.» Como si quisiera anticiparse a cualquier malentendido por mi parte, se dirigió hacia mí y se presentó utilizando nombre y apellidos, como si no nos conociéramos de nada. Le seguí el juego, un tanto paralizada. Mi primer impulso fue sentir agradecimiento. Por motivos que no sabría expresar con palabras, si hubiéramos dejado claro que nos conocíamos habría quedado al descubierto ante el Presidente y el secretario. Sin embargo, luego me di cuenta de que con toda probabilidad ya lo sabían porque habíamos trabajado juntos y nuestra reacción les parecería extraña. Después me asaltó una idea aún más angustiante: si sabían que nos conocíamos y le habían pedido que lo ocultara, ¿qué estaba haciendo él aquí?

Υ

En el pasillo, el secretario nos entregó las llaves de las habitaciones. La mía estaba fondo del pasillo de la segunda planta, y la de Katia era la de al lado. En mi habitación estaba la bolsa típica de viaje que me habían pedido que preparara para guardar las apariencias y que las cosas que dejara no levantaran sospechas. Mi bolsa real, que sobre todo contenía ropa y mudas interiores, se encontraba en el Nivel Estratégico. Dejé la puerta entreabierta por si oía a los demás. El hombre que parecía un ejecutivo tenía la habitación de enfrente, y cuando el secretario entró para recoger los teléfonos, ordenadores y cualquier otra cosa que pudiera usarse para ponerse en contacto con el resto del mundo, oí sus vehementes quejas sobre las condiciones de su cuarto. El secretario se disculpó con docilidad, en un tono completamente distinto del que usaba conmigo, tanto por las malas condiciones como por las molestias por tener que renunciar a los enseres personales, y luego fue a mi habitación. Entregué mi teléfono normal, el privado.

—Reunión en el salón en quince minutos. ¿Estás lista? —preguntó el secretario.

—Sí. Más me vale porque tampoco tengo otra opción, ¿no?

El secretario no contestó a la pregunta.

—Como le he dicho, quince minutos.

Cerró la puerta de un golpe y me quedé sola. Me había costado entender de qué se quejaba el ejecutivo. No era de primera calidad, pero era elegante y estaba limpia y ordenada, con materiales y muebles sencillos e inofensivos a primera vista, pero que en realidad eran de gran calidad. Butacas de piel de cordero, telas de Svenkst Tenn, mesitas delicadas de madera de categoría. Nada era barato ni escogido al azar. Había una nevera llena de agua mineral, frutos secos, chocolate y botellas pequeñas de vino y licores de marcas conocidas, nacionales y extranjeras. Todos los detalles susurraban el mismo mensaje discreto: clase y dinero. Solo una de esas piezas valdría más que todas las pertenencias de una familia entera de Kyzyl Kum. Probablemente más que su casa. Me acerqué a la ventana y miré fuera. Detrás del edificio, los acantilados caían en picado sobre el mar. Ni siquiera se veía el suelo si miraba a la izquierda, y a la derecha había una pequeña playa protegida por una suerte de barranco. Un conjunto de dientes de granito sobresalían del agua más allá. Recordaba la bahía de los dibujos de la isla, y que el secretario había mencionado que a veces era accesible en barco, si no soplaba el viento; de lo contrario te arriesgabas a acabar contra los acantilados. La isla era pequeña, es cierto. No había muchos lugares adonde ir, ni donde esconderse. Aparte de que toda la casa estaba llena de escondrijos. Me quité las zapatillas de tenis y las dejé delante del fuego, que crepitaba en la chimenea junto a uno de los muretes; luego me tumbé sobre el edredón color crema y me quedé mirando la pared intentando averiguar dónde estaban la cámara y los agujeros para espiar. Había una franja de moldura oscura y ornamentada rodeando el techo, sería fácil esconder una cámara pequeña ahí. Costaba encontrar los agujeritos, pero al final los vi: eran pequeños y oscuros en el borde inferior del cuadro colgado en la pared. Me levanté de la cama, me acerqué a la pared y miré, pero solo vi oscuridad. Imaginé al secretario al otro lado, mirándome con sus ojos pálidos de animal nocturno. Volví a tumbarme en la cama y acaricié los cuadros tejidos del edredón, siguiendo las líneas con las puntas de los dedos e intentando calibrar la situación. Era preocupante que Henry estuviera en la isla. Una cosa era ocultar información y hacer teatro de aficionados delante de desconocidos, y otra muy distinta, y mucho más difícil, hacerlo con alguien conocido. Y lo más inquietante: ¿por qué estaba ahí? ¿De verdad era uno de los candidatos? Había oído por colegas comunes que las cosas le iban bien en su nuevo trabajo, pero ¿de verdad había tenido tanto éxito para tenerlo en cuenta para el grupo RAN? No lograba ordenar las ideas, y cuanto más lo pensaba más nerviosa me ponía, así que me levanté de la cama, busqué un par de zapatos decentes en la bolsa, me cepillé el pelo, salí de la habitación y bajé al salón.

La mayor parte del grupo ya estaba reunido. Franziska Scheele estaba de pie en un rincón conversando con el hombre de la habitación de enfrente de la mía. En el otro rincón, el hombre mayor estaba sentado en un sofá hablando con Katia Ivanóvich. Henry estaba sentado en una silla con ellos, asintiendo con interés. Ni siquiera alzó la vista cuando entré. Me detuve en el umbral y observé a las personas allí reunidas. Paseé la mirada y estudié las paredes. Intenté localizar el lugar donde hacía poco había observado la sala desde el hueco entre las paredes. Oí pasos en la escalera por detrás y cuando me di la vuelta vi que el secretario y el Presidente bajaban juntos, charlando con la mujer de mi edad. Ella siguió andando por el salón mientras el Presidente y el secretario se colocaban en el centro; las conversaciones alrededor se detuvieron y todas las miradas se clavaron en ellos. El Presidente se aclaró la garganta.

—¡Bienvenidos! En nombre del Ministerio quiero decirles que estoy muy contento de que todos hayan aceptado venir aquí y participar en el primer paso del proceso de selección. En un instante repasaré el programa, pero antes quiero pedirles algo: ¡no comenten el motivo de su presencia aquí entre ustedes! Puede sonar extraño, pero les aseguro que es por una buena razón. La confidencialidad absoluta es crucial para el puesto por el que están todos aquí, así que solo tienen que seguir las instrucciones: nada de conversaciones sobre su función.

Dejó que sus ojos confiados se posaran en cada uno de nosotros como si quisiera confirmar que lo aceptábamos antes de continuar:

—Aparte de eso, por supuesto, son libres de conocerse entre ustedes todo lo que quieran. Son gente dispar con mucho que decir, y creo que disfrutarán de la compañía de los demás. Así que he pensado que podemos empezar con una ronda de presentaciones, pero serán breves y ustedes mismos pueden completarlas en la mesa durante la cena.

87

El Presidente se volvió expectante hacia el secretario, que tomó la palabra.

—Bueno, tenemos a alguien que apenas necesita presentación porque todos la han visto en televisión. Bienvenida, Franziska Scheele.

Franziska dio un pasito adelante y esbozó una sonrisa regia a todo el mundo y a nadie en concreto en la sala, muy cómoda con el hecho de ser el centro de atención.

El secretario invirtió un momento en repasar sus virtudes y méritos y luego, cuando pasó a presentar al hombre de la habitación de enfrente de la mía, me pareció increíble no haberlo identificado antes. Jon von Post era una de las personas más ricas del país: había convertido su negocio de mobiliario barato de plástico en uno de los más grandes y rentables de Suecia. Unos años antes había aparecido en la lista de personas «de más éxito», «más admiradas» y simplemente «más ricas» de todos los periódicos. Sin embargo, luego abandonó de forma inesperada la mayoría de sus empresas y por lo que yo sabía solo formaba parte de uno o dos consejos de dirección. Corrían rumores de algún tipo de escándalo, y ahora que lo veía no parecía improbable. Parecía exhausto bajo la ropa cara y el bronceado, y debía de haber ganado veinticinco kilos desde la última vez que apareció en una portada. Por lo menos diez se le habían instalado en la cara, que tenía una alarmante sombra rojo púrpura. Levantó la mano en un gesto contenido, como si alguien acabara de dejarle pasar en una cola de tráfico.

—Y luego tenemos a Katerina Ivanóvich —continuó el secretario—. Es la única que no está aquí para conseguir el puesto sino que está trabajando, por así decirlo. Está a su servicio. Al fin y al cabo pasarán unos días aquí, completamente aislados del mundo exterior...

—No entiendo por qué es necesario tanto aislamiento —intervino Franziska Scheele, con la autoridad de alguien que lleva décadas cobrando por interrumpir a los demás.

El secretario lanzó una mirada nerviosa al Presidente, que tomó la palabra de inmediato.

—Querida Franziska, ya sabe que valoramos su opinión, pero ¿puedo pedirle que confíe en nosotros esta vez? Hágalo por mí, cuando menos.

El Presidente hizo un gesto de súplica y dedicó a Franziska Scheele una sonrisa encantadora, y de nuevo pensé que sabía exactamente qué necesitaba cada persona. Había conseguido darle a entender que ambos sabían que era ridículo que ella tuviera que jugar al campamento de verano con otros adultos, pero esas eran las reglas y tendrían que someterse a esa farsa.

Funcionó. Franziska se encogió de hombros, le lanzó una mirada refinada y accedió. El secretario siguió presentando a Katia:

—Como he dicho, hay una doctora por la seguridad de todos. En el sótano hay un puesto médico totalmente equipado, donde también tenemos la radio de comunicación. Procuraremos solucionar todos los problemas que surjan en la isla, pero si el tratamiento médico urgente es la única opción, Katerina tendrá la capacidad de llamar para pedir ayuda. No es que vayáis a escalar una montaña, pero… aun así, déjenme que les diga que Katerina Ivanóvich es una de nuestras colegas de más confianza y colabora estrechamente con el Proyecto RAN desde el principio.

Katia parecía cohibida mientras el secretario cantaba sus excelencias. No parecía ni mucho menos tan cómoda llamando la atención como los dos participantes anteriores.

Luego el secretario pasó a presentar al coronel Per Olof Ehnmark. Su lista de logros se prolongó un rato: contraespionaje durante la primera y la segunda guerra fría, operaciones internacionales… había participado en todo tipo de misiones. Yo escuchaba a medias, y en cambio buscaba indicios de lo que el secretario había dicho de él antes, ahora que sabía que era el que se quedaba en la habitación de la planta baja. Él sería quien me encontraría muerta doce horas después.

—Y luego está Henry Fall —dijo de pronto el secretario, que me sacó de mis pensamientos—. Su trabajo en estrategia psicológica ha sido de un valor incalculable dentro de nuestra organización.

Henry esbozó su sonrisa neutra mientras el secretario repasaba sus logros más recientes. Ahora que todos los demás observaban a Henry, pude permitirme estu-

89

diarlo. Habían pasado más de dos años desde la última vez que lo había visto. Estaba igual, probablemente con algunas canas más en el pelo y las ojeras más oscuras. El secretario se aclaró la garganta y reanudó el discurso.

—Y por último, y no por ello menos importante, alguien a quien tal vez reconozcan, Anna Francis.

Se volvió para mirarme, y bajé la mirada a la alfombra mientras el secretario recitaba mis valiosos esfuerzos realizados por la Unión en Kyzyl Kum. Supongo que fui la única que pensó que sonaba como si el tono rezumara sarcasmo todo el tiempo. Cuando terminó, levanté la vista para ver cómo reaccionaban los demás. Crucé la mirada con el coronel, de ojos cálidos y amables, pero Franziska Scheele se volvió cuando la miré. Henry miraba con atención al secretario, que dio una palmada.

—Y con esto, creo que hemos terminado.

—No, no del todo.

Todo el mundo se volvió a mirar hacia el sofá, donde la mujer de mediana edad de calzado práctico se había levantado.

—Tal vez debería presentarme, si se han olvidado de mí. Me llamo Lotte Colliander. ¿O ya no formo parte del grupo? ¿Debería dar media vuelta y volver a casa? —Soltó una carcajada que sonó como un ladrido.

El secretario miró con desesperación al Presidente, y luego los dos se deshicieron en excusas y disculpas. Por supuesto que no debería volver a casa, claro que se sentían avergonzados por habérsela saltado durante las presentaciones. Lotte Colliander intentó parecer inmutable, como si no fuera para tanto, pero las manchas rojas en el cuello me dijeron que se sentía tan enfadada como degradada. Su lista de méritos no tenía nada que envidiar a la del resto: directiva y seleccionadora con experiencia, directora de recursos humanos de una larga lista de grandes empresas, corredora de maratones, doble doctorado en economía y psicología y militar de rango. Nunca había oído hablar de nadie que pareciera tan bueno en casi todo.

—Y con eso, espero que decida quedarse y participar durante estos primeros días, y que perdone a mi secretario, que a veces es demasiado rápido —concluyó el Presidente. Tras él, el secretario dio un respingo como si le hubieran dado un golpe.

Lotte Colliander asintió y se sentó sin decir palabra, pero en cuanto el Presidente apartó la vista de ella se cruzó de brazos a la defensiva.

—Ahora pasemos a un breve repaso de los próximos días.

El secretario fue a buscar un montón de carpetas negras etiquetadas con los nombres y empezó a repartirlas mientras el Presidente seguía hablando.

91

—Todo lo que necesitan saber está en las carpetas que tienen en las manos. Son personales, así que no las dejen por la casa. Mañana les dividirán en grupos para participar en determinados ejercicios, la mayoría de índole académica, pero algunos un poco más… prácticos, por así decirlo. Pueden seguir leyendo para obtener información más detallada. Les sugiero que pasen el resto del día conociéndose, pues les será de gran ayuda en las actividades de mañana, así que aprovechen la oportunidad. Cenarán juntos esta noche, hay comida y bebida en la cocina de esta planta, así como en la bodega contigua. También encontrarán comida para los próximos días en la cocina, y les aseguro que los hemos tratado con mimo. No hay motivo para que nadie se quede con hambre, pero tendrán que cocinar ustedes, ¡considérenlo un ejercicio en grupo! Y ahora… —se volvió hacia el secretario—… es hora de que nosotros volvamos a tierra firme.

Y

No los acompañé al embarcadero como los demás, me quedé en el salón. Observé al Presidente por la ventana, junto con Franziska Scheele y Jon von Post, bajando la escalera. Por lo poco que había observado en ellos hasta entonces, supuse que aún se quejaban por las instalaciones. Franziska iba tropezando con sus botas negras de tacón y parecía que el viento fuera a llevársela en cualquier momento, que la levantaría y trasladaría mar adentro. Tras el primer grupo llegaron el secretario y Katia. No había ni rastro del coronel y la hipersensible Lotte de recursos humanos.

—Ah, estás aquí.

No lo oí acercarse por detrás. Me di la vuelta en un acto reflejo. Henry me miraba con su habitual expresión neutra.

—¡Tú también, cuánto tiempo! ¿Cómo estás?

Henry no hizo caso de mis cortesías.

—No creo que los demás deban saber que nos conocemos. —Se metió las manos en los bolsillos de los pantalones y miró por la ventana detrás de mí, con el rostro aún impenetrable. Hablaba en tono informal, como si estuviéramos charlando.

—¿Por qué no?

—Es una ventaja, ¿no crees?

—¿A qué te refieres?

Henry apretó los dientes, blancos y regulares, y se volvió hacia mí.

—¿Nunca has jugado a juegos de estrategia? Las alianzas secretas son fundamentales.

—¿Entonces nosotros dos vamos a formar una alianza secreta?

—Creo que deberíamos. —Henry me miró a los ojos.

Una vez, de pequeña, recibí una postal de Nour, una tarjeta colorida de superficie holográfica con una hamaca en la playa. Cuando movías un poco la tarjeta, se veía un gato feliz con gafas de sol sentado en la silla, con una pata levantada, saludando con alegría. Henry era como una de esas tarjetas: un leve cambio revelaba algo completamente distinto, más indisciplinado, algo que estaba ahí solo si por casualidad lo veías en el momento adecuado, desde el ángulo correcto. Y como había sucedido antes, cuando trabajábamos juntos y de vez en cuando mostraba una pizca de su yo secreto, una pequeña mariposa batió las alas en mi pecho.

—Pero bueno, a lo mejor no te fías de mí —dijo Henry, y se volvió hacia la ventana.

Se me secó la boca mientras me quedaba ahí un momento sin decir nada, pensando la mejor respuesta.

—No —dije al cabo de unos segundos—. No, confío en ti.

—Entonces ya tenemos nuestra alianza secreta —dijo Henry en el mismo tono informal, como si ni él mismo estuviera seguro de si estaba de broma o no.

—De acuerdo —dije, y levanté el meñique. Se rio, me escudriñó con la mirada y luego levantó él el meñique. Juramos nuestro nuevo pacto con cierta solemnidad, luego volvió a meterse la mano derecha en el bolsillo y siguió mirando por la ventana sin decir palabra. Me quedé a su lado, mirando también, y pensé en todo lo que nunca podría contarle. Al final no pude evitar preguntar:

—¿Y qué significa este pacto secreto? —Henry siguió contemplando el mar gris, donde ahora se veía el barco del Presidente y el secretario zarpando de vuelta a casa de nuevo.

—Ya veremos —dijo—. Ya veremos.

Me disculpé y me fui presurosa a mi habitación. Una

vez allí, me tumbé en la cama con los zapatos puestos, mirando al techo. De pronto, todo estaba mucho más enredado de lo que esperaba. La opción más segura era alejarse de Henry, también era el plan más difícil, y tal vez ni siquiera fuera el más inteligente. Tenía cierta razón en lo que decía, que parecía una situación en la que una persona podría necesitar aliados, y era mejor seguir el juego para ser creíble como participante. Pero además Henry tenía algo que me hacía actuar como una niña ansiosa de llamar la atención bailoteando con los pantalones en la cabeza para que la vean. Me di cuenta de que había sido así con él desde que recibí aquel extraño mensaje de correo electrónico. Cada vez que hablaba con él empezaba a analizar y criticar todo lo que había dicho y hecho. ¿Había sonado enfadada? ¿Parecía demasiado feliz? ¿Había hablado demasiado? ¿O demasiado poco? Había perdido la capacidad de actuar con normalidad, porque ya no sabía cómo me veía. Tal vez nunca lo supe y por eso no podía dejar de pensar en él.

Agarré la carpeta que me había dado el secretario y la abrí. Contenía cuarenta hojas de papel en blanco. Las estuve mirando un rato mientras pensaba en qué debía de haber en las carpetas de los demás candidatos. Luego saqué un bolígrafo del bolso y pasé unos minutos apuntando todo lo que sabía de los materiales preliminares, que el secretario me había obligado a memorizar. Y luego añadí las observaciones de la reunión de la tarde. Perfeccioné todo lo que recordaba con todo el detalle que pude, tonos de voz, miradas y mis ideas sobre lo poco que había ocurrido hasta ahora, para que todo se grabara en mi memoria. Mientras trabajaba me percaté de dos cosas. La primera era lo dispar que era la selección de personas. Había reflexionado sobre eso antes, era un grupo raro, pero ahora me golpeó con toda la fuerza. Ni el Presidente ni el secretario habían dicho una palabra sobre el puesto para el que seleccionaban a alguien ni lo que implicaba, pero costaba imaginar un puesto en el mundo al que todas esas personas puedan optar. Una presentadora de televisión, un ex militar, un ejecutivo, una estrella de los recursos humanos que corre maratones... luego se me ocurrió que podría haber un denominador común. Todos estaban siendo usados para tomar el control y controlar a los demás. Y con eso, vería también cómo encajaba Henry. Eso me llevó a la segunda idea: no había información sobre Henry en el material que había visto en el despacho del secretario. Ningún dato que había recibido encajaba con su perfil. Así que no sabía ni más ni menos de él que antes, lo que era un problema, pero más que nada me preguntaba qué significaba. ¿Lo habían añadido antes? ¿Había alguna otra explicación? ¿Por qué no me habían informado de todos los participantes? Me hacía sentir extremadamente intranquila. Abajo del todo de mi documento manuscrito sobre Henry escribí: «¿Quién es? ¿Por qué está aquí?», y lo subrayé con rayas gruesas.

Leí lo que había escrito sobre cada uno de ellos varias veces antes de quemar los papeles en la chimenea. Cuando solo quedaron cenizas, las barrí y las tiré por el retrete. Luego limpié la chimenea. El secretario había sido muy claro con eso: no deben quedar rastros que pongan en riesgo la confidencialidad de la operación.

Henry

*C*uando vi a Anna en el césped helado y marrón delante de la casa me impresionó. Parecía haber envejecido diez años desde la última vez que nos vimos. Había pasado de estar delgada a escuálida, de pálida a transparente. La piel estaba tensa sobre el cráneo, y lo que antes eran rasgos afilados ahora eran más bien boquetes. Era evidente que el proyecto en Kyzyl Kum no habían sido unas vacaciones. Al contrario, le había pasado factura. Y no era solo que pareciera exhausta, es que parecía destrozada de un modo cadavérico.

A juzgar por la expresión de su cara, no estaba preparada para verme aparecer, pero de algún modo le di a entender que no deberíamos revelar que nos conocíamos, porque en una fracción de segundo recobró la compostura y me saludó con formalidad. Le di un apretón en la mano delgada y fría, poco más que un montón de ramitas secas, e intercambiamos unas cuantas frases de cortesía. Vi que el secretario observaba la escena por el rabillo del ojo. Anna consiguió quedarse atrás con absoluta naturalidad, así que fue la última en llegar a la casa, y me costó no volverme a mirarla mientras arrastraba la maleta. La casa seguía tan inhóspita e imponente como siempre y, mientras me acercaba a esa gran mole, un escalofrío me recorrió la espalda. Fingí problemas con la maleta en la escalera para poder darme la vuelta y lanzar una mirada atrás mientras forcejeaba con ella. El cielo y el mar se confundían en variadas sombras pesadas de gris, llenas de ondas, volutas de nubes y bruma. Abajo, en el embarcadero, el barco cabeceaba en el oleaje con saltitos irregulares. Quienquiera que hubiera amarrado el barco lo había hecho en un lugar tan estúpido que no hacía más que golpear con el embarcadero, y el ruido sordo que provocaba cuando el casco chocaba contra él se oía hasta en la escalera. Anna caminaba a paso lento con su chaqueta de piel negra por el sendero de gravilla de la ladera, y pasamos junto a los arbustos bajos que se habían plantado sin piedad en la hierba. No sé si pretendía parecer una especie de emparrado, pero si esa era la intención no lo habían conseguido. No era un sitio para emocionarse. Una fría ráfaga de viento me azotó en lo alto de la escalera, y vi que Anna se tambaleaba colina abajo. Llevaba varias semanas estudiando las previsiones meteorológicas, intentando determinar qué días serían óptimos, pero al final lo había dejado. Dadas las circunstancias, era imposible saber si el tiempo nos favorecería o no con lo rápido que cambiaba allí.

Una vez dentro del salón, el secretario me dio la llave de mi habitación, subí la escalera, abrí mi puerta, la cerré y enseguida me puse a deshacer la maleta. Cuando terminé, el secretario abrió la puerta de golpe sin llamar.

—Reunión en diez minutos. Baje con su cara más agradable. No levante sospechas. No se pierda nada.

Quise preguntarle por el verdadero estado de salud de Anna y decirle que lo que había visto hasta ahora era preocupante, pero no tuve tiempo antes de que volviera a cerrar la puerta.

La ronda de presentaciones en la planta baja se hizo pesada. Me percaté de que el secretario no mencionaba mi rango militar al presentarme, pero también entendí que era mejor que los demás no lo supieran. No debía llamar la atención sin necesidad, no debía parecer una amenaza ni un competidor. Lo único destacable, aparte de que Lotte Colliander se enfadó cuando se olvidaron de presentarla, era lo incómoda que parecía Anna cuando le tocó a ella. El secretario era justo el tipo de autoridad con la que normalmente Anna tenía problemas, así que supuse que pensaba que era imbécil, esperaba que empezara a cuestionarle algún que otro detalle, como hacía siempre cuando éramos colegas («Bueno, técnicamente no estuvimos en Kyzyl Kum, sino en las afueras, o por lo menos en la frontera...»), pero se quedó en silencio como si estudiara algún detalle del dibujo de la alfombra, con la mandíbula apretada mientras el secretario recitaba sus méritos. Cuando terminó la reunión y la sala se vació de gente, se quedó de pie junto a la ventana. Los hombros parecían más angulosos y estrechos que nunca, me dieron ganas de envolverla en una manta. En cambio, me acerqué e intenté iniciar una conversación lo más natural posible, tanto para garantizar que no me delatara a mí o a sí misma como para tratar de averiguar cuánto sabía. Al principio fue bien, pero de pronto, mientras hablábamos, esbozó esa sonrisa de nuevo. Se disculpó con cierta brusquedad y yo me quedé ahí viendo cómo su fina silueta desaparecía por la escalera. Cuando salió de mi vista seguí el mismo camino pero hasta mi habitación y me estiré en la cama. Sabía por qué había aceptado el trabajo. Fue la decisión correcta, perfectamente razonable; pensarlo me hacía sentir un poco más tranquilo pero no podía evitar desear que hubiera otra salida.

Anna

No me di cuenta de que había anochecido hasta que
bajé la escalera para unirme a los demás. Me pregunté
si Henry seguía en su habitación, por un instante
pensé en llamar a su puerta por si quería bajar conmigo, pero decidí que no para no arriesgarme a ser re-
chazada. Era como si todo lo que hiciera con él fuera
muy difícil para mí. Bajé la escalera y me detuve en un
descansillo a medio camino, donde los ventanales que
iban del suelo al techo daban al mar. La casa tenía el
mismo aire que todos los edificios oficiales del Partido:
fotografías de grandes líderes en las paredes, colores
pastel, cuadros nacionales de estilo romántico que en-
cantaban a todo el Partido con cascadas y bosques, niños rubios jugando rodeados de maquinaria agrícola,
un alce saliendo del bosque cerca de una planta hidro-
eléctrica. Todos los suelos estaban cubiertos del obligato-
rio linóleo. Sin embargo, también había algunos detalles que insinuaban que la casa había vivido una
época distinta, la misma que imperaba abajo, en el Ni-

vel Estratégico. Un viejo escritorio, una silla tapizada de terciopelo con accesorios de latón. Madera oscura con tallas pesadas y enrevesadas. Objetos hechos a mano y no producidos en fábricas. Me pregunté cuántos años tenía el edificio. Seguramente estaba ahí mucho antes de que entráramos en la Unión, era parte del viejo mundo, el mundo de Nour. La escalera donde estaba parecía rescatada del *Titanic*, y cuando pasé la mano por la reluciente madera negra de la barandilla me sentí un poco más segura, como si Nour me estuviera observando. Me sorprendió tener esa sensación, ya que Nour nunca había sido una madraza. Era más bien una madre dinosaurio, de las que ponía el huevo y luego se iba. Pensé en qué estarían haciendo ella y Siri en ese momento. Tal vez estaban cenando, o viendo la televisión, quizá Siri ya estaba bajo la manta de topos azules, mirando al techo y pensando en qué estaría haciendo yo en ese momento. A lo mejor pensaba en mí. Me sorprendí mirando por la ventana a la oscuridad, como si hubiera la opción de ver qué hacían antes de darme cuenta de que la ventana daba a la otra dirección, lejos de tierra, mar adentro. Me incliné aún más hacia la ventana para ver si discernía algo en la oscuridad. Mi aliento dibujó un círculo helado en el cristal, hacía frío fuera y el helor de la ventana me provocó diminutos cosquilleos por todo el cuerpo. Oía el estruendo de los vientos fuertes que hacían que los cristales entonaran una canción apagada como de caverna. Al otro lado de los ventanales se veía la luna suspendida sobre el horizonte, enorme y amarilla como un dibujo, con un precioso brillo lunar sobre el mar. No había nada ahí fuera más que el mar. Brillante, frío, húmedo, profundo. Ni otras islas, ni barcos, nada. De pronto algo se acercó corriendo a la ventana y se dio un

101

golpe justo delante de la cara. Solté un chillido y di un salto atrás, tropecé con mis propios pies, se me doblaron los tobillos en el escalón que tenía detrás. Estuve a punto de caer por la escalera. Mis manos se aferraron a la barandilla y la atraparon. La adrenalina que había empezado a bombear al instante en mi cuerpo empezó a calmarse con la misma rapidez en cuanto me di cuenta de que seguramente había sido el golpe de una rama contra el cristal justo delante de mi cara. De un árbol, probablemente, estaba demasiado oscuro para saberlo. Volví a mirar hacia la ventana, pero ya estaba demasiado lejos para distinguir detalles en la oscuridad. La iluminación interior convirtió la ventana en un espejo, y solo veía mi cara de susto flotando en los irregulares cristales soplados a mano. Me llevé las manos a las mejillas como para calmar la adrenalina del pánico que aún me corría por el cuerpo, y cuando sentí que volvía a tenerlo todo bajo control seguí bajando.

102

Los preparativos de la cena estaban en pleno apogeo cuando entré en la espaciosa cocina. Miré alrededor y a punto estuve de frotarme los ojos. Jamás había visto semejante exceso. Las encimeras estaban repletas de comida: carnes, patés, *pirogi*, gelatinas, todo clasificado por fechas y con instrucciones en etiquetas. Por lo visto la cena consistía en entrantes que los demás estaban poniendo en el horno sobre grandes bandejas. Vi el sello conocido del restaurante parlamentario en las bandejas, al parecer los encargados del catering. Me pregunté si esa extravagancia estaba pensada para lograr el nivel que esperarían los candidatos más prominentes. Tanto Jon como Franziska encontraban perfectamente normal comer y cenar en restaurantes a los que los ciudadanos de a pie no tenían acceso. Yo nunca había estado en ninguno, por supuesto, si hubiera sido así estoy segura de que no habría podido disfrutar de la comida porque estaría invirtiendo toda la energía en sentirme fuera de lugar: observada e invisible a la vez. En la mesa había una gran cesta de fruta fresca: plátanos, piñas, papayas, uva, fruta de la pasión y cocos. Mientras miraba el coco me di cuenta de que en realidad no tenía ni idea de cómo sabía.

Los demás ya estaban manos a la obra, metían y sacaban comida de neveras y hornos mientras charlaban. Me quedé de pie en el umbral y, como tantas otras veces, me sentí como si hubiera una fina capa de plástico entre los demás y yo. Parecían muy cómodos con su cuerpo, relajados, increíblemente naturales con sus trajes humanos. Para mí siempre era una tensión tratar con otras personas, les tenía una profunda envidia por lo que ni siquiera eran conscientes de estar haciendo: la tranquilidad con la que estaban juntos. «¿Qué hago? —pensé—. ¿Qué sé de los costes de todo esto?» Tal vez eran todos como gimnastas que se retorcían sin aparente esfuerzo dando saltos mortales en el aire, cuando en realidad había detrás miles de horas de dolor, entrenamiento, lágrimas y desesperación. A lo mejor yo era así. Pero de todos modos me daban envidia.

—¿Tinto o blanco?

Me di la vuelta y miré por encima del hombro. A mi lado estaba el coronel, con los brazos llenos de botellas de vino que parecían el atrezzo de una película de piratas. Algunas hasta tenían polvo.

—¡Tienen una bodega fantástica! Muy bien surtida. Hay todo lo que puedas imaginar, incluso vinos franceses e italianos. Consulté con el Presidente y me dijo que podíamos escoger.

Levantó una botella y la miró con esos ojos amorosos que la mayoría de hombres reservan a sus esposas, o quizás a sus coches.

—Dios mío, vinos de Burdeos... hace siglos —murmuró, casi para sí mismo. Luego me miró con esos brillantes ojos azules que le hacían parecer un niño—. Entre nosotros, sin faltar a los vinos del mar Negro, pero esto... esto es otra cosa, déjame que te lo diga. ¿Puedo tentarte con un Sancerre seco... o algo más fuerte?

—No tengo ni idea de qué hablas. Tinto está bien —dije.

—¡Vaya! Bien, bien. ¿Y tienes alguna preferencia? ¿Ligero? ¿Afrutado? ¿Seco?

—No, escoge tú. Pareces el hombre adecuado para hacerlo.

El coronel esbozó una sonrisa contenida, dio media vuelta y volvió al alboroto de la cocina. Parecía amable. Era una idea incómoda, teniendo en cuenta lo que estaba a punto de hacerle.

El coronel volvió con dos copas de vino ridículamente grandes y me dio una. Pese a que parecía que había solo un sorbo de vino en el fondo, sospeché que había servido media botella.

—¡A ver si te gusta!

Acepté la copa y le di un sorbo. Los sabores florecieron uno tras otro: frutas, algo de madera, algo apagado, algo intenso. Era el mejor vino que había probado nunca. Lo miré admirada y él asintió encantado.

—Yo también lo creo. Entonces, ¿Kyzyl Kum?

Aparté la mirada automáticamente, como siempre que sacaban el tema. El coronel parecía una persona observadora, alguien que había pasado toda su vida profesional formándose para leer a la gente y valorar lo que decían (y lo que no). Intenté parecer lo más despreocupada posible.

—Sí.

El coronel hizo girar un momento el vino en la copa y continuó en voz baja, lo suficiente para que yo lo oyera pero nadie más pudiera captar nuestra conversación.

—Espero que no te importe la pregunta. Mi interés es auténtico. Estuve destinado cerca, antes del cambio de siglo.

Ya sabía, de cuando trabajé con los expedientes personales, que el coronel y yo teníamos eso en común, aunque no estaba preparada para que sacara el tema de forma tan directa.

—Entiendo que tal vez es algo de lo que no quieras o incluso no puedas hablar. Puede ser muy difícil hablar de ese tipo de cosas. Muy poca gente lo entiende.

El tono no trasmitía un juicio ni culpa, era bastante amable. Los dos observamos a los demás en la cocina. Vi a Henry cortando verdura en rodajas al otro lado de la mesa, absorto en lo que parecía una conversación cautivadora con Lotte, mientras Franziska sacó una bandeja del brillante gran horno de convección, y por dentro agradecí haberme ahorrado haber llamado a la puerta de Henry y sentirme idiota al ver que no abría. Probablemente le habría dado demasiada importancia.

—Gracias —me limité a decirle al coronel. Sentí que debía añadir algo, pero no se me ocurría qué, así que me quedé callada a su lado, con mi copa de vino. No era un silencio incómodo, era como un descanso. En otras circunstancias habría sido una persona con la que podría haber hablado.

—¿Cómo acabaste aquí? —le pregunté. Pese a no ser tan lista como Henry, entendía cuál era su principio básico: empezar a hablar sobre la otra persona en vez de cambiar de tema. A la gente le encantaba hablar de sí misma, a casi todo el mundo.

El coronel me miró con una ceja levantada en un gesto divertido.

—¿Tal vez piensas que soy demasiado viejo para este tipo de trabajo? ¿Que debería estar jubilado, sentado en Rügen y cuidándome la artritis? A lo mejor tienes razón. Pero ya sabes, para alguien que se ha pasado la vida dando órdenes y obedeciéndolas es difícil negarse cuando alguien te dice que vayas. Y aún sigo trabajando. No como antes, claro, pero sigo de servicio. En un despacho. Con los años he descubierto que también se pueden conseguir cosas desde ahí, ¿no es cierto?

—¿Dónde estás destinado ahora?

—En personal. Por desgracia, es todo lo que puedo decir.

—Entiendo —respondí, por decir algo.

—¿Sí? —Parecía divertido, como si no me creyera del todo—. Hoy en día parece absurdo todo este secretismo. Seguro que hay casos en los que está justificado, pero en la mayoría de ellos es una manera de que la gente se sienta especial e interesante. ¿No te parece? —continuó el coronel—. ¿O eres de las que pondría el sello de «confidencial» en todo?

—¿Este es uno de esos casos? —le pregunté.

—¿De cuáles?

—Uno de esos casos en los que el secretismo está justificado.

El coronel se quedó quieto sin contestar un instante, acariciándose la barbilla, pensativo.

—Sí —dijo por fin—. Sí, creo que en este caso está justificado.

Antes de poder formular la siguiente pregunta, Lotte Colliander se nos acercó y nos dio un montón de platos. Le di mi copa al coronel para poder sujetarlos.

—¿Os importa poner la mesa?

Sin esperar respuesta, puso un montón de servilletas de hilo encima de los platos. Yo intentaba mantener el equilibrio de aquella torre inestable en las manos.

—¿Dónde vamos a cenar?

—En el salón. Están a punto de colocar las mesas ahora mismo.

Le eché otro vistazo a la cocina. Faltaban Jon von Post y Katia. Pensé que quizá la doctora ya estaba en el salón porque estaba preparando el siguiente paso de nuestra misión. En ese caso, tal vez la había subestimado un poco. Seguí a Lotte. Sus zancadas eran eficientes: iba vestida con una falda azul marino y unos prácticos tacones bajos; ni demasiado altos ni demasiado bajos. Pese a que era bastante baja y teóricamente uno o dos años mayor que yo, me sentía como si estuviera llevándole los libros a la profesora. Era ese tipo de persona que parecía haber nacido ya adulta. Meneó un poco la cabeza, como si me hubiera leído el pensamiento y me lo reprochara.

Oí la voz de Jon von Post antes de entrar en el salón.

—... así que le dije que no íbamos a conseguir la aprobación. Pero es obstinado. Por supuesto, no me hizo caso, aunque...

Lotte llamó a la puerta mientras abría, y luego entramos. Jon y Katia estaban al otro lado de la sala, Katia de espaldas a la pared y Jon inclinado sobre ella con la mano contra la pared, impidiéndole huir. Estaba un poco demasiado cerca, no nos hubiéramos dado cuenta de no ser por la expresión afligida de Katia y el alivio que sintió al vernos entrar.

—¡Genial, aquí están los platos!

Jon no parecía tan incómodo como Katia, ni mucho menos. De hecho, parecía encantado. Era obvio que no tenía problemas con estar demasiado cerca de una mujer contra su voluntad. Nada nuevo.

No vi la cara de Lotte, pero irguió la espalda y dejó escapar un leve suspiro, como si hubiera visto esa escena demasiadas veces. Y estoy segura de que así era. Centros de congresos, cenas, sobremesas. Hombres cada vez más borrachos con las carteras abultadas y una posición privilegiada, sirviéndose un vaso de vodka tras otro, cada vez más imprevisibles e indiscretos, con una urgencia creciente de tener y tomar y propensos a culpar a las que decían que sí y a las que se negaban. Ella lo estaba pidiendo a gritos. Puta ramera mojigata. Pese a todos los proyectos de igualdad y los documentos de políticas estatales sobre un trato justo, siempre ocurría lo mismo.

—No queríamos interrumpir, pero hemos venido a poner la mesa.

Lotte avanzó con seguridad hasta la mesa, cogió un mantel que estaba encima de la preciosa superficie brillante de jacarandá y empezó a agitarlo. Katia aprovechó la oportunidad, se escurrió de Jon, agarró el otro extremo de mantel y ayudó a Lotte a ponerlo bien sobre la mesa. Entré en la sala y, con cierto esfuerzo, dejé mi temblorosa columna de platos en una mesilla. Jon se quedó cerca de la pared, caminando enérgico sobre los talones con una copa en la mano. No se le ocurrió ayudar.

Katia me lanzó una mirada rápida para ver si estaba atenta, y luego dijo en voz alta:

—¿Alguien sabe dónde están las copas de vino? Solo he encontrado las de oporto.

Lotte, que parecía de ese tipo de personas que se sentían obligadas a tomar el mando de cualquier situación de una forma casi patológica, picó el anzuelo enseguida:

—Yo sé dónde están. En la cocina, vamos a buscarlas. Vamos, puedes ayudarme a traerlas.

Lanzó a Jon una mirada intimidante, y al final entendió que esperaba que echara una mano. Di unos pasos tras ellos y cerré la puerta del salón con toda la discreción que pude cuando se fueron. Me volví hacia Katia.

—¿Tienes las copas? —susurró—. Tengo la sustancia aquí. Tendrás que hacerlo tú. —Me dio un tubito.

El secretario sacó un vial transparente con un diminuto gotero en la punta y me lo dio. Bajo la luz amarillenta del Nivel Estratégico, el líquido también parecía amarillo.

—Es sedante. Es insípido e incoloro, y una sola gota provoca somnolencia. Tiene la ventaja de que pasan varias horas antes de que la sustancia haga su efecto completo.

Miró a Katia para confirmar que había explicado correctamente los efectos médicos, y luego se volvió hacia mí de nuevo.

—Así que lo mejor es que no perdáis de vista vuestras copas.

—Lo pondremos en las copas de licor —explicó Katia—. Una vez se hayan tomado unas cuantas copas con la cena no se fijarán en si todo el mundo bebe o no.

—Bien —dijo el secretario—, así que lo único que tienen que hacer es poner una gota en cada copa sin que nadie se dé cuenta. No los dejará tumbados del todo, claro, ni es lo que queremos porque levantaría sospechas, pero nos facilitará las cosas a la hora de...

bueno, de hacer lo que tienen que hacer. Y no lo olviden: dos gotas en la copa del testigo principal.

Cuando solo quedaba la copa del coronel, oímos pasos y voces que se acercaban.

—¡Date prisa! —masculló Katia mientras vertía una dosis doble con mucho cuidado: unas gotas diminutas que ni siquiera se veían en el fondo de la copa. Fría y calculadora, guardé el dosificador y me lo metí por el escote en el sujetador. Katia miraba la puerta. Antes parecía muy tranquila y segura, pero ahora era presa del pánico, y me hizo pensar en cuánto trabajo de campo había hecho en realidad.

—Deja de poner cara de culpable y pon la mesa —dije entre dientes mientras le daba todas las tarjetas con los nombres menos dos, que puse donde yo estaba y en el sitio de al lado. Luego fui a buscar el montón de platos de la mesilla, y acababa de levantarlo cuando aparecieron los demás por la puerta. El coronel y Franziska fueron los primeros, y Henry llegó justo detrás. Se detuvo en el umbral un momento y miró alrededor.

—¿Necesitas ayuda?

—Puedes coger algunos —dije, mientras señalaba con la cabeza los platos que llevaba en brazos.

Se acercó a mí y se llevó la mitad de la columna.

—Un clásico de Anna Francis, cogerlos todos a la vez —dijo en voz baja, con una sonrisa fugaz.

—Es muy observador y agudo por tu parte hacer un análisis tan básico de mi personalidad cuando me conoces desde hace unas horas —contesté, también en voz baja.

Volvió a sonreír y luego dijo, en un tono normal:

—¿Cómo queréis ponerlos en la mesa?

—Uno grande y uno pequeño en cada sitio, estoy segura de que puedes hacerlo.

Henry asintió y se puso a repartir los platos, empezando por la cabecera de la mesa. Yo hice lo mismo, pero en la otra dirección. Como de costumbre, me quedé mirando sus manos mientras manejaba los platos. Había precisión en sus movimientos, una especie de economía. Ni mucho ni poco. Desvié la mirada y me concentré en mi tarea.

Cuando era pequeña, Nour me llamaba Señorita Añicos porque rompía muchos vasos y platos. Parte de las enseñanzas de Nour sobre el trabajo y el valor del dinero consistían en limpiar lo que uno había roto, además de una rebaja en mi paga semanal. «Tienes que aprender lo que cuestan las cosas», le gustaba decir. Esta vez, en cambio, no se me cayó nada. Henry y yo dimos la vuelta con los platos grandes y pequeños y luego las servilletas, cuchillos, tenedores, más cubertería, copas de vino (que al final aparecieron cuando las fueron a buscar Jon y Lotte) sin decir esta boca es mía: era como una coreografía muda y armoniosa mientras nos movíamos uno en relación con el otro, dando vueltas a la mesa. La sala se llenó de comida y bebida, y al final terminamos y todo el mundo pudo tomar asiento.

El grupo que se había reunido en torno a la mesa y empezaba a pasarse los entrantes era poco común. Aperitivos, canapés, hechos con ingredientes bonitos difíciles de identificar. Una ensalada rojiza, otra verdosa; una especie de hoja, un cubo de carne ahumada, una rodaja de pescado pálido. Era la versión en aperitivos de la tradición de hacer siete tipos de galletas. El coronel, al que había sentado a mi lado, me fue pasando cada bandejita, y yo se la pasaba a Henry, que se sentaba enfrente. A su lado estaban primero Lotte, luego Franziska, y cuando miré su plato vi que no había cogido uno de cada tipo, sino que había escogido dos piezas microscópicas que no paraba de marear en el plato. No la culpaba. No muchas mujeres mayores lograban seguir en televisión año tras año. La mayoría eran sustituidas por talentos más jóvenes cuando llegaban a los cincuenta; mujeres que armaban menos escándalo y costaban menos dinero, más agradables. Sin duda, el hecho de que el ministro de información fuera su cuñado le había allanado el camino; de hecho, ya se lo había oído contar con gran lujo de detalles. Los contactos significaban poder, y si los tienes puedes permitirte algunas exigencias. Pero por lo visto no la de ganar peso.

Franziska se percató de que estaba mirando su plato, desvió la mirada hacia el mío y dijo:

—¡Madre mía, qué hambre tienes!

Se podría cortar papel en las comisuras de los labios de tan cortante como era su sonrisa. Quise contestar algo, analizarla, dejar entrever que sabía que intentaba amedrentarme, pero enseguida vi que no valía la pena luchar. Solo pasaría una noche con ella, así que miré mi comida y murmuré algo sin comprometerme. Aun así, me molestaba que pensara que me había hecho callar y me había avergonzado.

El secretario se volvió y me miró.

—Tu función es emborrachar al testigo.

Miré al secretario a la espera de una explicación.

—El testigo, es decir, la persona a quien Katia despertará cuando usted esté muerta. La que confirmará que ha muerto. Siéntese a su lado durante la cena. Aún

no sabe quién es, pero será la persona a la que se le asigne la habitación de la planta baja.

El secretario señaló el plano que había desplegado sobre la mesa.

—Bloquearemos algunas habitaciones de la segunda planta y diremos que es por problemas con el agua, así que alguien tendrá que dormir en la planta baja, y lo lógico es que sea la persona a quien despierte la doctora cuando te «encuentre».

—Y mi función es emborracharlo sin que se dé cuenta durante la cena.

—Sí, al fin y al cabo no queremos que esté muy observador cuando tenga que ver y mover un cuerpo con vida.

—Entonces ¿vamos a drogarlo y emborracharlo?

El secretario hizo una mueca al oír mi tono de desaprobación.

—Bueno, en estas situaciones es mejor estar a salvo que arrepentirse. El efecto de la droga aumentará cuanto más beba, y cuanto más atontado esté cuando se despierte, mejor. Además, no debería costar mucho. Es alcohólico.

—¿Quieres más vino?

No esperé una respuesta, cogí la botella y rellené la copa del coronel.

—¡Gracias, gracias!

Él se llevó enseguida la copa a la boca y dio un gran sorbo. Eché un vistazo alrededor y miré las copas de los demás; sin duda, el coronel había vaciado la suya mucho antes. La mayoría de la gente se termina las tres primeras copas en grupo; beben a la misma velocidad más o menos que la gente con la que beben. Tras unas

113

cuantas copas, cuando la borrachera ha eliminado la primera capa de autoconciencia y control, el efecto se disipa. La gente no suele hacer lo que el coronel estaba haciendo, beber más rápido que sus acompañantes desde el principio. A menos que tengan un problema con la bebida, claro.

En la mesa se estaba manteniendo una conversación extraña, como si se estuvieran probando. Todos los participantes eran únicos, interesantes, competentes, solían ser el alma de la fiesta. Es más, todos competían por el mismo trabajo. Y aunque no supieran para qué tipo de puesto se estaban preparando, por lo visto era tan tentador que todos los presentes pensaban que valía la pena pasar unos días en una isla perdida en el archipiélago exterior. Hasta el momento, también parecía que todos obedecían al Presidente sin comentar su función con nadie más. Supuse que no querían acabar con sus propias opciones con cotilleos. Jon y Franziska habían encontrado una especie de método conversacional en el que hablaban de sí mismos por turnos en cuanto el otro paraba para respirar. La conversación era confusa, pues ninguno escuchaba de verdad lo que decía el otro. Los oí aludir sin parar a varios famosos de la política y los negocios por su nombre de pila; un canon invisible de gente VIP con el que por lo visto intentaban impresionarse el uno al otro. Katia estaba sentada al final de la mesa entre ellos, escuchando. Las pocas veces que intentó entrar en la conversación y hablar, fue expulsada enseguida.

En nuestro extremo de la mesa, Henry había tomado el mando de forma invisible, como solía hacer, provocando que hablaran los demás. Por la manera en que iba alternando las preguntas al coronel y le rellenaba la copa de vino, sospeché que había visto el punto débil del militar e intentaba explotarlo, igual que yo. Por una parte, era bueno, porque así yo podía reclinarme en el asiento y dejar que él hiciera el trabajo. Por otro lado, me preguntaba qué motivo tenía Henry para intentar emborrachar al coronel. Tal vez era por su natural competitivo, o quizá quería aumentar sus posibilidades de conseguir el trabajo dejando al coronel fuera de juego o por lo menos en mal lugar. Lotte participaba de la conversación de vez en cuando, y a medida que se le fueron hundiendo los hombros y fue fanfarroneando menos mostró más interés en el resto del grupo. De pronto se volvió directamente a mí.

—¿Y tú qué haces ahora que has vuelto a casa?

Dudé en la respuesta.

—He vuelto a mi trabajo habitual.

Lotte se mostró sorprendida.

—Eso sí que no me lo esperaba. Pensaba que te habrían dado un trabajo de altura, después de tanto alboroto.

No supe si notó mi reacción porque continuó en un tono más amable, como para limar un poco su comentario insidioso.

—Por lo visto hiciste un trabajo fantástico. Difícil. Debe de ser increíblemente duro trabajar en un lugar como ese.

Murmuré algo y seguí masticando la comida, que parecía expandirse en la boca.

—Por lo menos es una suerte no tener familia de quien preocuparse. Mi marido y mis hijos jamás me dejarían ir a un sitio así.

—Tengo una hija —dije antes de poder rectificar, y me arrepentí de inmediato.

Lotte parecía asombrada.

—Ah, ¿y cuántos años tiene?

—Nueve.

—Vaya... ya veo. ¿Estaba contigo? No, no podía, ¿verdad?

—Vivió con mi madre mientras yo no estuve.

Lotte esperó a que dijera algo más. Me hervía el cerebro pensando en qué decir que no implicara más explicaciones dolorosas.

—¿Cuántos hijos tienes?

Henry salió al rescate. Me pregunté si había leído el pánico en mis ojos. Lotte se volvió hacia él.

—Bueno, ahora son mayores, y no necesitan mi atención todo el tiempo, por eso puedo pensar en este puesto, pero tienen doce y catorce años, chicos, uno...

Siguió parloteando sobre la práctica del hockey y la calidad de varias escuelas. No me atreví a mirar a Henry, seguía centrada en Lotte, y al final conseguí pronunciar una o dos preguntas que la mantuvieron hablando de sí misma, y poco a poco la conversación se trasladó a terreno más seguro.

Cuando le dije a Nour que estaba embarazada, me aseguré de aplazar el anuncio hasta que fuera demasiado tarde para abortar. Probablemente porque sabía que lo sugeriría, y tenía razón. Estábamos sentadas en su cocina, era domingo y a Nour le había sorprendido que le dijera que quería ir a visitarla, pero no preguntó por qué, solo me dijo que sería bienvenida. Al llegar ya había servido café en la mesa de la cocina y una especie de panecillos secos que probablemente llevaban meses en su armario. Me pregunté quién se los habría llevado; por lo que sabía, Nour ya no recibía visitas. Me parecía poco probable que los hubiera comprado ella, y mucho más que los hubiera hecho.

En mi cabeza había pensado la frase perfecta, la que transmitiera toda la información y contestara a todas sus preguntas con una elegante formulación, y al tiempo cerrara todas las puertas a cualquier solución que no fuera la que yo ya había escogido. «He descubierto que estoy embarazada y, como es demasiado tarde para abortar, voy a tener el bebé.» Debería haber funcionado, pero no fue así, porque Nour no dijo nada. Luego cogió el paquete siempre presente de cigarrillos marrones y las cerillas de la mesa, aspiró hasta que lo encendió y le dio una larga calada, sacó el humo y lo miró pensativa.

—¿En serio vas a fumar justo ahora?

—Es mi cocina y estás aquí por voluntad propia —contestó Nour, que se levantó a buscar un cenicero.

Volvió, se sentó y siguió mirándome.

—¿De cuántas semanas estás?

—Diecinueve. Ya sabes que es demasiado tarde para deshacerse del niño.

—¿Y si te dijera que no es demasiado tarde?

—¿A qué te refieres?

Empecé a notar un sudor frío. El aroma del café mezclado con el del humo me provocó una náusea en la garganta.

—Quizá conozca a alguien que pueda arreglarlo. Antes se podía abortar hasta la semana veintidós, ya sabes, si se daban determinadas circunstancias. Violación, enfermedad o demencia. Si la madre se consideraba incapaz. Ese tipo de cosas.

La náusea se iba intensificando, notaba un sabor amargo en la boca y el pulso en el oído.

—¿Eso es lo que piensas? ¿Que soy una madre incapaz y debo deshacerme del bebé?

—Solo digo que no es fácil ser madre soltera.

El tono de Nour era duro y cortante. Se inclinó sobre la mesa.

—¿De verdad quieres este hijo, Anna? ¿Quieres ser como yo? ¿Quieres estar sola con un niño que te impedirá trabajar, te impedirá…?

De pronto dejó de hablar. Yo tenía las mejillas rojas. Era como si me hubiera dado una bofetada. Me levanté a duras penas y me tambaleé un poco. No fue el movimiento firme que pretendía. Nour evitó mirarme a los ojos, miraba con obstinación por la ventana.

—Solo digo que no es fácil —dijo al final.

—Nour, siento mucho haber destrozado tu emocionante vida y tu carrera al nacer, me disculpo de corazón… —Mi voz subió hasta un desagradable *falsetto*, notaba que sonaba ridícula, pero no me importaba—. Pero este hijo es mío, no voy a deshacerme de él, cuidaré de él y le querré, y solo porque por lo visto fue tan duro para ti no significa que vaya a serlo para mí. Voy a tenerlo, y tendrás que aceptarlo.

Ella siguió mirando por la ventana, con los labios un poco apretados, molesta, y luego dijo en tono mordaz:

—Bueno, supongo que tengo que felicitarte y desearte buena suerte. Nos veremos cuando vuelvas hecha polvo. Porque pasará, no te engañes.

Agarré el abrigo del respaldo de la silla donde estaba sentada, mareada, pero antes de irme me apoyé en la mesa.

—¿Sabes cuál es la parte irónica, Nour? Que me estés dando consejos de maternidad. Yo de ti me callaría.

Salí al pasillo con la cabeza alta y me agaché para atarme los zapatos con las manos temblorosas de la rabia. Ya me resultaba más difícil llegar a los pies, aunque aún no se notara mucho. Luego me puse la cha-

queta, salí por la puerta y bajé la escalera. Sabía que
durante los siguientes días, semanas, meses repasaría
la conversación una y otra vez mentalmente, que me
arrepentiría de cada palabra mil veces, que querría re-
tirarlas. Me maldeciría por no haber dicho algo totalmente distinto, o por haber hablado, pero en ese momento estaba llena de adrenalina y rabia provocadas
por una autocompasión que me hizo salir volando a la
calle. Fue como una liberación.

No volví a ver a Nour durante todo el embarazo.
Hasta que nació Siri y ella apareció en el hospital con
ese vestido y se abrió un nuevo capítulo.

La comida llegaba y se iba, se descorcharon más botellas. Queso y postres. Más vino. El conjunto se había
dividido en grupos más pequeños. Franziska había
cambiado el sitio con Katia y ahora ella y Jon estaban
enfrascados en una conversación que parecía más bien
los preliminares al sexo. Franziska reía con la cabeza
hacia atrás, acariciándose la clavícula; Jon estaba sentado con las piernas abiertas, inclinado hacia delante,
como si fuera a hundir el rostro en su escote en cualquier momento. Katia había iniciado una conversación
con Lotte. Las dos parecían interesadas, hablaban de
esquí de fondo. El zumbido de la conversación fue subiendo de volumen en la mesa. La mayoría de la gente
empezaba a estar visiblemente achispada, yo incluida,
como descubrí con gran horror. Cuando Katia repartió
los vasitos de licor nadie los rechazó, como tampoco se
fijó en que ni ella ni yo bebimos. Eran aproximada-
mente las diez, lo que situaba mi inminente muerte a
cinco horas vista.

Durante la cena sorprendí a Henry mirándome va-

119

rias veces. No aparté la mirada cuando lo sorprendí. Y cuando parte del grupo empezó a levantarse de la mesa, él se levantó de pronto, rodeó la mesa y me puso una mano en el hombro.

—¿Te sirvo algo? ¿Whisky, brandy, vino?

—Me encantaría tomar un vaso grande de agua.

Pensé si Henry haría lo que siempre hacía en las pocas fiestas del trabajo a las que había asistido durante los años anteriores: hacer un movimiento de repente, dar las gracias a todo el mundo y desaparecer, pero volvió con el vaso y se sentó enfrente. Nuestros dedos se rozaron cuando me dio el vaso, no supe si fue por casualidad. Al cabo de un rato sentí un pie que tocaba el mío. Lo miré. Escuchaba al coronel con una expresión atenta, fingiendo no verme incluso mientras avanzaba con la pierna entre las mías, hasta que las rodillas se tocaron. El mantel era bastante largo al final, donde estábamos sentados, así que nadie veía lo que pasaba. Apreté con suavidad con las rodillas, y él hizo lo mismo.

Así que eso era. No estaba solo en mi cabeza, todo lo que había pasado en mi interior. También le ocurría a él. Fue un alivio y una pena al mismo tiempo. El momento no podía ser peor. Cuando el coronel fue dejando la conversación, Henry se inclinó hacia mí. Tenía los ojos abiertos, las pupilas dilatadas.

—¿Sabes si hay alguna manera de amarrar un barco al otro lado de la isla?

—Ni idea, ¿por qué? —mentí.

—Ahora que se ha levantado el mal tiempo estaría bien saber si hay algún lugar además del embarcadero donde nos pueda acoger el barco.

Lo miré intrigada hasta que me di cuenta de lo que pretendía.

—Tal vez deberíamos salir a comprobarlo.

Parecía como si se le acabara de ocurrir la idea, y de nuevo me impresionó su facilidad para mantener una fachada.

—Parece inteligente. ¿Vamos a dar un paseo?

Nos levantamos a la vez.

—¿Ya os vais a la cama?

El coronel parecía decepcionado. El alcohol, y quizás incluso la droga que tenía en el fondo del vasito vacío, empezaban a afectarle seriamente. Ya no era la persona atenta que había conocido ese mismo día: se había convertido en un viejo ensimismado que no paraba de hablar de sus cosas, con la mirada cada vez más introspectiva. El secretario tenía razón con el alcoholismo del coronel: cada vez vaciaba y rellenaba la copa con más facilidad.

—Vamos a ver qué viento hace, ¡ahora volvemos!

El coronel empujó la silla hacia atrás, por un momento temí que se ofreciera a acompañarnos, pero Henry lo disuadió con astucia.

—Mientras tanto puedes ir a investigar la bodega, ¿no? Me han dicho que lo sabes todo de cosechas, uvas y esas cosas. Anna me dijo que el fantástico vino que hemos tomado con la cena es gracias a ti.

El coronel se dejó halagar y prometió hacer lo posible por tener escogidas unas cuantas botellas excepcionales para la mesa cuando regresáramos, y antes de que pudiera seguir hablando conseguimos salir de allí.

Henry me pasó mi chaqueta del perchero del vestíbulo. Nos abrigamos en silencio y abrimos la gran puerta principal. Fuera, el viento soplaba fuerte. Henry tuvo que apoyarse en la puerta con el hombro. No era un hombre corpulento, pero logró abrirla. Salimos uno al lado del otro y caminamos hacia la playa por detrás de la casa, en silencio. Era como si el vendaval hubiera interrumpido nuestro coqueteo. Henry caminaba con las manos en los bolsillos del abrigo, yo pensaba si se arrepentía o si simplemente no había hecho ningún movimiento. Al fin y al cabo, a lo mejor lo había malinterpretado o entendido mal.

Nos detuvimos al llegar a la orilla. Henry miró alrededor.

—Con este viento no se puede amarrar aquí —dijo pasado un instante—. Mira esos acantilados de allí. Si sigue así el barco tampoco podrá amarrar en el otro lado, aunque esté más resguardado. Si hay tormenta, quedaremos totalmente aislados.

Casi había conseguido olvidar el motivo por el que habíamos salido, porque supuse que era todo falso, pero aquello me llamó la atención. Se volvió a mirarme.

—Y está llegando la tormenta. Mira las nubes, mira lo rápido que se mueven.

Unas nubes grises pasaban a toda prisa por delante de la luna, a una velocidad imposible, como en los dibujos animados. Volví a mirar a Henry. Teníamos las caras cerca. Su mirada era como humo en un globo de cristal. Nuestras miradas se fundieron. No podía ni huir ni acercarme más.

—¿Qué haces aquí en realidad? —susurró él.

—¿Qué quieres de mí? —contesté también en un susurro.

De pronto Henry rompió el hechizo.

—Bueno, será mejor que volvamos —dijo con sequedad, al tiempo que se volvía hacia la casa y empezaba a caminar.

Fui tras él con dificultad. A cada segundo que pasaba me sentía cada vez más tonta, cada vez más engañada, expuesta, desenmascarada. Había bajado la guardia, me había mostrado débil. Mis acciones eran tan absurdas y lamentables como las que cabía esperar de una aficionada sin experiencia en misiones confidenciales. Me había comportado como una adolescente enamorada, me sentí incómoda como siempre había temido sentirme en compañía de Henry. Conocía esa faceta de cuando estaba bebida, una parte de mí que podía agarrarse a una injusticia, unas palabras, una ofensa y rumiarlo durante horas, y la odiaba. Sentí que el nudo en el estómago aumentaba y se me saltaban las lágrimas de los ojos. Cuando estaba a punto de abrir la boca para decirle algo a Henry, me agarró del brazo y me llevó con brusquedad por el borde de un acantilado. Me tapó la boca con la mano, con suavidad, me hizo callar y señaló a Lotte, que bajaba por el escarpado sendero. Se detuvo y se quedó allí, al lado de la casa, muy cerca de donde estábamos, y para mi sorpresa abrió el bolso y sacó un voluminoso teléfono por satélite que parecía completamente funcional. Estaba llamando a alguien, la oí saludar a la persona al otro lado de la línea. Me concentré en intentar oír lo que decía, pero estaba demasiado lejos y el viento se llevaba las palabras.

Henry estaba de pie, muy cerca de mí. Sentía su aliento sobre la parte expuesta de mi cuello, entre el abrigo y el nacimiento del pelo. Presionó su cuerpo contra el mío, y sus labios me rozaron justo detrás de la oreja. Me sentí como si hubiera metido una llave en una cerradura y la hubiera girado, y cuando le coloqué el brazo alrededor de mi cintura me di cuenta de que no me importaba el resto: la misión, quién fuera él en realidad o cómo terminaría. Cualquier cosa que no fuera eso.

Una pequeña parte de mi conciencia oyó a Lotte ter-

123

minar la conversación y desaparecer de regreso a la casa. Me quedé en brazos de Henry, quieta como si hubiera visto un ciervo.

—Vamos, no podemos quedarnos aquí —dijo él.

El cuerpo de Henry era más ligero de lo que pensaba, más delgado. Tenía la cara un poco redonda, por eso probablemente esperaba que tuviera el típico cuerpo de oficinista de mediana edad, con capas adicionales de grasa, bultos blandos en ambos lados de la columna y una barriga que sobresaliera. Sin embargo, cuando investigué con las manos y los ojos en la oscuridad azulada de su habitación, me di cuenta de que estaba más bien demacrado. Tenía el pecho plano, y la clavícula proyectaba sombras en la piel de debajo; la seguí con los dedos hacia el centro y el esternón. Su cuerpo, tan imposible de imaginar, se volvió real bajo las manos de una forma casi repelente. Verlo de tan cerca, cada cabello, cada ángulo, era como un rayo de luz directo a los ojos, así que los cerré y dejé que las manos fueran por delante de la mirada. Él también movía las manos sobre mí, como si leyera Braille; registró la línea que formaba el borde inferior del omoplato, los relieves verticales de la columna, la dura redondez de la cadera. Cuando era pequeña, tenía «un libro mágico para colorear», un libro con páginas blancas que cuando las rozabas con un pincel húmedo aparecían formas, colores y flores. Así me sentí cuando Henry movía las manos sobre mi cuerpo, como si cada parte de mí que tocaba cobrara vida con burbujitas de gas.

No grité al alcanzar el orgasmo, él tampoco, porque no fue del tipo de sexo para exagerar. Tampoco fue el mejor sexo de mi vida, pero se acercaba mucho.

Y

Después, tumbados boca arriba uno al lado del otro en la cama, me acarició la mejilla con el dedo índice en un gesto distraído. Su habitación estaba a oscuras, pero las cortinas de la ventana estaban abiertas, las nubes seguían pasando a toda velocidad por delante de la luna, infatigables en el cielo nocturno.

—¿En qué piensas, Anna? —murmuró, casi para sus adentros.

—En traición —dije yo. Giró la cara hacia mí, adormilado.

—¿Qué has dicho?

—En la traición. Sé lo que se siente.

Giré la cara hacia el techo y estudié las finas grietas en la pintura, que sobresalían con el tenue claro de luna como vasos sanguíneos. Las ideas manaban, rápidas y abrumadoras. Si me permitía pensar en ello, aunque fuera un mínimo, aún notaba el sabor del hierro en la lengua, el gusto de la traición, de ser traicionado, del fracaso, de tomar la decisión equivocada. No podía permitirme pensar así, sabía que no era bueno para mí, pero las ideas vagaban sin rumbo por su cuenta, y de pronto estaba de nuevo en la fría tienda de campaña. Me asaltó el súbito deseo de contárselo todo, todo sobre Kyzyl Kum y lo que realmente ocurrió al final, todo sobre la misión, sobre la traición que estaba a punto de cometer, la que en cierto modo ya había cometido.

Henry me acarició la mejilla con el dorso del dedo.

—Intenta dormir —dijo, luego me dio un beso en la mejilla, se volvió hasta quedar de espaldas a mí, se colocó la manta encima de la cabeza y se quedó quieto. Me quedé ahí mirando al techo, escuchando cómo la respiración se volvía prolongada, regular, profunda. Se oía un leve traqueteo cada vez que inspiraba, así que me quedé ahí un poco más para estar cerca de él un último instante robado. Luego me levanté, me vestí, caminé descalza en la habitación oscura, bajé despacio el pomo de la puerta, abrí una rendija y salí con cuidado a que me asesinaran.

Cuando llegué a la cocina, Katia ya estaba ahí, caminando de un lado a otro, molesta.

—Cierra la puerta y corre el pestillo. ¡Pensaba que no ibas a aparecer nunca!

Katia se arrodilló en el suelo. Iba vestida con ropa de deporte, y mientras hurgaba en su bolsa vi el logotipo del ballet de Leningrado en la espalda. Eso explicaba la buena postura, pero supuse que lo dejó bastante joven, antes de tener tiempo de lesionarse y agotarse porque en apariencia se movía sin dolor ni rigidez en el cuerpo, incluso en plena noche.

—¿Cuándo dejaste la danza? —pregunté, sobre todo por decir algo.

—¿De verdad nos vamos a poner a charlar ahora? —masculló Katia en voz baja.

Me senté en el suelo a su lado y me quedé callada mientras ella sacaba cosas de la bolsa: jeringuillas, cánulas, botellitas de cristal con etiquetas, compresas, y lo colocaba todo en líneas rectas y regulares sobre una toalla pequeña que supuse era de color verde hospital, aunque costaba distinguir el color a oscuras. Observé los instrumentos y me estremecí.

—Túmbate boca arriba —susurró Katia, y yo obedecí.

Luego empezamos. Katia sacó una extraña almohadilla. Se puso unos guantes de vinilo y presionó los dedos contra la almohadilla uno a uno. Luego me sujetó la garganta, apretó con suavidad y hundió las uñas un poco más.

—Mueve la cabeza un poco o no te haré morados creíbles.

Le hice caso y siguió con manos suaves pero decididas. Cuando terminó, sacó una pequeña linterna y me iluminó la garganta; luego asintió, satisfecha.

—Tiene buena pinta —dijo.

Estuve a punto de agradecerle sus rápidos reflejos, pero me detuve. Me quedé ahí en silencio mientras Katia jugueteaba con distintas jeringuillas a mi lado. Se inclinó sobre mí.

—Voy a ponerte una inyección en la lengua, para que parezca que te han estrangulado si alguien te mira la boca. Las fosas nasales seguirán abiertas para que puedas respirar.

Asentí.

—¿Preparada? —preguntó Katia, y sin esperar mi aprobación me sujetó la cabeza con fuerza—. Abre bien la boca y saca la lengua.

Obedecí, pero cuando estaba a punto de pincharme, me di cuenta de que era la última oportunidad de decir algo.

—¿Katia?

—¿Sí? —Me miró, irritada.

—¿Estás segura de que va a funcionar?

—Por supuesto. Soy médico, puedes confiar en mí.

Se inclinó de nuevo para pincharme, pero levanté una mano y le toqué el brazo.

—Dime que me voy a despertar. —Suspiró, pero me mantuve firme—. Me pides que confíe en ti, y confío, pero la que está haciendo esto soy yo. Así que quiero que, si eres una persona tan digna de confianza, me prometas que voy a despertar.

127

La miré fijamente, costaba leerle la mirada a oscuras, porque cuando se inclinaba sobre mí solo veía dos agujeros negros en el lugar de los ojos. Se quedó callada un instante, luego habló.

—Te prometo que te despertarás. Tienes mi palabra y mi honor de médica.

—Bien.

Bajé la cabeza de nuevo.

—¿Puedes abrir la boca, por favor?

Abrí la boca, saqué la lengua y noté el pinchazo. La lengua se me hinchó de inmediato. Noté que el pánico se apoderaba de mi cerebro.

—Relájate, respira por la nariz. Muy bien, respiraciones largas, profundas por la nariz. Piensa en los bebés, siempre respiran por la nariz cuando duermen. Así, muy bien.

Recuperé el aliento y noté que el pánico remitía.

—Ahora voy a ponerte unas gotas en los ojos para paralizarte las pupilas. También habrá un poco de sangre en los glóbulos. Desaparecerá. Voy a abrirte los párpados… bien. Mantén los ojos cerrados y no se te hará tan raro.

Obedecí, y ella siguió hablando. Su voz ya no transmitía irritación, hablaba con calma de médico.

—Ahora, Anna, voy a ponerte la última inyección. Es un sedante y relajante muscular. Reducirá tu respiración al mínimo y el cuerpo quedará pesado. En un segundo sentirás que te duermes. Puede que veas o llegues a oír algo mientras estés ausente, pero no será coherente y no podrás comunicarte. Cuando estés dormida, esperaré hasta que esté completamente segura de que estás inconsciente y luego saldré corriendo y aporrearé la puerta del coronel como hemos quedado. Él bajará conmigo, y espero que esté tan borracho y drogado que diga que estás muerta, te llevaremos al congelador y allí te despertaré en cuanto pueda con una inyección. Va a ser incómodo, Anna, pero puedes aguantarlo. Luego despertaré a los demás y... —Su voz se apagó como si fuera caminando hacia atrás a una sala de mármol—. Cuenta hacia atrás, Anna.

Oí su voz desde el otro lado de la sala de mármol, y empecé a contar en silencio para mis adentros, un número con cada respiración. Diez, nueve, ocho, el suelo estaba frío y pegajoso por debajo, siete, seis, cinco, pensé en Siri en la cama, rodeada de sus animales de peluche con los ojos de botón, olía a nieve, o tal vez era el sabor, cuatro, tres, el brazo delgado, la mejilla blanda de dormir, el pelo pegado, retirárselo con el dedo índice, dos, uno, adiós.

Era como caminar hacia un elefante sentado en mi pecho. El dolor fue repentino e indescriptible. No supe si fue una contracción o una expansión del tórax, pero el dolor fue horrible. Intenté respirar, casi no pude. Intenté centrarme en vano en el rostro que bailaba delante de mí, y al cabo de unos segundos me di cuenta de que debía de estar viendo la cara pálida de Katia y el pelo rubio.

—¡Anna! ¡Anna! ¿Me oyes?

Intenté contestar, pero emití un sonido ininteligible. Tenía algo en la boca. Giré la cabeza e intenté escupir hasta que me di cuenta de que estaba intentando escupir la lengua. Me cayó saliva por la mejilla, pero Katia parecía satisfecha.

—Bien, estás volviendo. Te he puesto una inyección, calma, aún estás bajo los efectos de la medicación.

Intenté incorporarme, pero mi cuerpo no obedecía. Katia me cogió el brazo y clavó una aguja.

—Pronto te encontrarás mejor —dijo, y dirigió una linternita directamente a los ojos—. Las pupilas aún no responden, pero es completamente normal. ¿Crees que puedes incorporarte?

Lo volví a intentar, y esta vez fue un poco mejor. Logré poner recto el torso y sentarme empujando. De pronto todo me daba vueltas, busqué a tientas algo a lo que agarrarme. Katia me sujetó y la sala se quedó quieta. Noté que se tambaleaba un poco cuando me aferré a sus brazos.

—Anna, escúchame. Entiendo que ahora mismo no te encuentras muy bien, pero tenemos un poco de prisa. Tengo que sellar el congelador, y tú tienes que bajar al Nivel Estratégico antes de que llegue alguien. El coronel está arriba despertando a los demás, se supone que en diez minutos nos vemos en el salón. Aún está como una cuba, así que no se mueve muy rápido. ¿Podrás bajar?

Vi que no estaba tumbada en un catre, sino en el congelador. En cuanto me di cuenta, noté el frío que me rodeaba. Como si me leyera el pensamiento, Katia cogió una brillante manta térmica de un estante detrás de ella.

—¡Llévate esto! ¡Tienes que bajar ahora mismo!

Katia presionó la espiral de refrigeración de la pared del congelador y se abrió la escotilla. Parecía menos deportista y en forma que cuando la conocí en el muelle. Tenía los ojos hinchados e inyectados en sangre.

—¿Cómo se lo ha tomado el coronel? —le pregunté.

—No muy bien. Oye, hablaremos de eso más tarde.

Miraba inquieta por encima del hombro, como si hubiera visto un ruido en vez de oírlo. Logré colocarme boca abajo a duras penas e intenté encontrar la escalera de debajo con las piernas temblorosas.

—Voy a cerrar la escotilla para que nadie pueda

abrirla. Tú puedes hacerlo desde dentro, con el código, pero no lo hagas a menos que sea necesario. —Asentí, cogí la manta térmica y la lancé por la escotilla. Antes de desaparecer, Katia me tocó la mano con la suya—. Buena suerte.

Cerró la tapa del congelador y oí el clic del cierre cuando la bajó. Estaba sola en la oscuridad.

Bajé por la escalera a tientas. Abajo me envolví con la manta térmica y busqué con la mano el interruptor de la luz en la pared que tenía detrás. La luz amarilla hacía que pareciera de tarde, aunque ya casi amanecía. Me acerqué a la nevera con las piernas flaqueando, encontré una botella con una bebida isotónica y me la bebí a tragos largos. Tenía los labios adormecidos, aún sentía la lengua como un montón de cemento en la boca y me cayó un hilo de ese brebaje de dulzura artificial por la comisura de los labios hasta el cuello. Me lo limpié con la manga hasta el hombro, con ese gesto que uno solo hace cuando tiene la absoluta certeza de estar solo.

Me acerqué al pequeño lavamanos y me salpiqué agua fría en la cara hasta que empecé a animarme. La lengua empezaba a volver a su tamaño normal. Dejé la manta térmica a un lado, hurgué en mi bolsa y encontré una camiseta interior que ponerme. Luego me dirigí a la puerta que daba al mundo secreto de la casa, el territorio entre las paredes, y entré. Aún tiritando, subí a tientas por la estrecha escalera y llegué a la cortina que indicaba que iba hacia la pared del salón. Encontré la moldura y luego los agujeros, aparté la escotilla y observé la estancia.

Y

Aún no habían llegado todos. Katia era la que más cerca estaba de los agujeros de la pared, de espaldas a mí. Supuse que había elegido ese lugar para que yo pudiera ver a los demás lo mejor posible. Jon estaba sentado en una silla con un ridículo pijama de franela de rayas, mirando alrededor con sopor. A su lado estaba sentada Franziska, vestida con una elegante bata de volantes y el pelo recogido con su habitual moño apretado, parecía haberse molestado en maquillarse un poco, o no se había limpiado la cara desde la víspera. Cuando Jon miró en otra dirección, vi que ella aprovechaba para ajustar el tejido en el escote. Lotte estaba sentada al lado de Jon con una bata de toalla y calcetines gruesos, se tocaba el flequillo, ausente, hasta que el pelo se le quedó levantado. Junto a Lotte estaba el coronel, con chándal y chaqueta de lana, los ojos rojos. Luego entró Henry en la sala. Solté un grito ahogado. Unas horas antes estaba tumbado desnudo a mi lado, y ahora me llevé la mano automáticamente a los labios. Lanzó una mirada indecisa alrededor de la sala, luego se sentó en una silla y miró hacia la puerta con atención. Me dio la impresión de que esperaba a alguien, probablemente a mí. Franziska empezó a quejarse de inmediato por haberse visto obligada a salir de la cama, en voz alta para que la oyera todo el mundo. Katia la cortó y tomó el mando.

—Gracias por venir, a todos. Siento haberos sacado de la cama en plena noche pero es que… ha pasado algo.

—¿No deberíamos esperar a Anna?

Era Henry el que la interrumpía. Volvió a escudriñar la sala, como si yo estuviera en algún sitio y él fuera el único que no me viese. Katia se volvió hacia él.

—De eso se trata. No sé cómo decirlo, pero… —Respiró hondo antes de continuar—. Anna está muerta.

Aunque estaba perfectamente preparada para que dijera algo parecido, un escalofrío recorrió mi cuerpo. «Anna está muerta.» Si tuviera que morir de verdad, aquí y ahora, nadie tendría motivos para buscarme. Para esas personas, estaba muerta. La sensación era más espeluznante de lo que esperaba. Intenté concentrarme en lo que ocurría en la sala en vez de darle vueltas a esa idea. Todo el mundo miraba a Katia como si no entendieran lo que decía. Parecían niños grandes, con esas caras de perplejidad y los pijamas.

—... y lamento informaros de que parece que alguien la ha matado.

Intenté dejar que mis ojos se posaran en cada persona y apuntar mentalmente sus reacciones. Jon se quedó mirando a Katia boquiabierto, como si hablara un idioma incomprensible. A su lado, Franziska parecía estar buscando frenéticamente en su cabeza la pregunta adecuada, sin éxito. Lotte miraba alrededor de la sala nerviosa mientras se tiraba distraídamente del pulgar como si quisiera arrancarlo, y el coronel dejó caer la cabeza. Por supuesto, era el único que no se mostraba sorprendido. Un rato antes había cargado con mi cuerpo hasta el congelador del puesto médico. Me pregunté qué cara había puesto en ese momento.

Sin embargo, la reacción más interesante fue la de Henry. No solo por ser él, sino porque fue distinta a las demás. Se desplomó como si le hubieran disparado en la espalda, y ahora estaba inclinado hacia delante, cansado, le costaba tanto respirar que se le movían los hombros. Katia intentó ofrecer un breve relato de lo ocurrido: cómo me había encontrado en la cocina al ir a buscar un vaso de leche, que había despertado al coronel y me habían llevado al congelador y me habían encerrado allí. Henry se levantó de pronto y se acercó a Katia para decirle algo en voz baja. No lo oí, pero cuando ella contestó supe que le había pedido verme. Katia se dirigió a toda la sala:

—Me temo que no puede ser. Ya me he puesto en contacto con el secretario, y me ha dado instrucciones claras. El cuerpo está en un congelador sellado en el puesto médico y nadie puede abrirlo ni tocar el cuerpo antes de que llegue personal que pueda seguir el procedimiento en este tipo de casos.

En ese momento el resto de la sala empezó a entender lo que acababa de oír, y se desataron un montón de preguntas y especulaciones. Todo el mundo hablaba por encima de los demás, me costaba seguirles. Franziska finalmente recobró la compostura y acribilló a Katia a preguntas: ¿qué había pasado? ¿Cómo había pasado? ¿Estaba segura de que no había sido un accidente? ¿De verdad Katia estaba cualificada para saberlo? ¿Cuándo llegaría el rescate? No pensaba quedarse en una isla donde pasaban ese tipo de cosas, exigió que le permitieran llamar directamente al Presidente sin falta.

—Me temo que eso tampoco es posible —dijo Katia, automáticamente, y me pregunté cuántas veces tendría que decir eso antes de acabar la estancia—. La radio de comunicación en el sótano está cortada.

—¿Qué acabas de decir? —Era la primera vez que el coronel abría la boca.

—La primera vez que me puse en contacto con el secretario funcionaba bien, pero la llamada se cortó, y cuando volví a llamar no funcionaba. Podría ser por el tiempo.

También era una novedad para mí, me pregunté cómo había pasado. ¿De verdad la tormenta había cortado las comunicaciones, o Katia mentía para que Franziska no saliera corriendo a llamar al Presidente? Intenté convencerme de que era la segunda opción, pero no pude evitar pensar que parecía un mal augurio. Por lo visto el coronel sentía lo mismo, porque de pronto parecía más sobrio que antes.

—Eso no es bueno —dijo, escueto.

—¿No podría haberse suicidado? —Lotte lo dijo de repente, a nadie en concreto. Cuando vio todas las miradas clavadas en ella continuó, estirándose y rascándose las manos nerviosa en el regazo—. Quiero decir, no conozco a Anna pero por lo que he visto, bueno… era un poco rara, infeliz. Tal vez tuvo algún trauma cuando estaba fuera, y luego llegó aquí y…

Lotte hablaba cada vez más alto y más rápido, como si intentara convencerse.

—Me dijo que había dejado a su hija aquí, se fue y formó parte de esa guerra durante largos períodos, y cuando le pregunté por el tema dejó de hablar, parecía devastada y…

—No, no se suicidó —le interrumpió Katia.

—¿Cómo lo sabes? La depresión es común en la gente que ha vivido esas experiencias. Tiene un nombre… ¿estrés postraumático? A lo mejor…

—No te puedes estrangular a ti misma —dijo Katia, sin rodeos.

—Pero…

Lotte se desinfló un poco y no dijo nada más.

—No era de ese tipo de personas —dijo Henry, casi para sí mismo, pero nadie contestó. Todos se quedaron en silencio en la sala salvo Lotte, que rompió a llorar con discreción y se limpió unas cuantas lágrimas con la manga de la bata. Ahí a oscuras, en ese espacio reducido, observando a los demás, sentí que se me dormían las piernas y noté un sudor frío que me bajaba por la frente.

—¿Podría haber alguien más en la isla?

135

Fue Jon. Miró a Katia, y luego al coronel. Por lo visto eran las dos personas de las que esperaba una respuesta sensata. El coronel reflexionó sobre la pregunta antes de contestar.

—Es una posibilidad, claro. Tendremos que inspeccionar la isla en cuanto podamos, pero antes deberíamos intentar averiguar qué ocurrió anoche. ¿Quién fue el último en ver a Anna?

Me centré en Henry. Desde que se había acercado a Katia para pedirle que le dejara verme, estaba derrumbado sobre la silla, callado, con la cabeza gacha. Sin embargo, contestó, sin levantar la visa.

—Probablemente yo. —Y luego dijo algo inaudible.

—¿Qué? —dijo el coronel.

—He dicho que estaba durmiendo cuando se fue. La última vez que la vi fue en mi habitación. Estaba ahí cuando me quedé dormido, cuando Katia me despertó ya no estaba.

Alzó la vista. Estaba absolutamente destrozado, y eso me producía una alegría peculiar. Intenté no fijarme solo en él y observar también a los demás. Jon sonrió cuando entendió qué implicaban las palabras de Henry, pero luego se recompuso y la sonrisa se desvaneció. Sentí una vergüenza incómoda ahora que todos en la isla sabían que nos habíamos acostado, y me pregunté qué pensaría el Presidente de esa improvisación. Supuse que no le gustaría, pero ya era demasiado tarde. El coronel no hizo ningún comentario. En cambio, dijo en tono neutro:

—¿Y sabes a qué hora te dormiste?

—Eran más de las dos, pero probablemente antes de las tres.

—Eso significa que hay un hueco hasta que Katia la encontró en el suelo hacia las cuatro.

Vi que el coronel seguía mirando a Henry como si quisiera hacerle más preguntas, pero no dijo nada más. En cambio se puso a interrogar metódicamente a todos los presentes sobre cómo habían pasado la tarde y la noche. Él se había acostado después de medianoche, igual que Lotte. Katia informó de que había hecho lo mismo. Cuando fue el turno de Jon y Franziska, ambos parecían reticentes a dar detalles, hasta que resultó que también habían dejado al grupo juntos y había ido a la habitación de Jon «para tomar la última», según ellos. Franziska se había ido hacia las dos, lo que me hizo dar un respingo. Podría haberme topado con ella en el pasillo, y todo se habría complicado.

—¿Qué tipo de comportamiento de adolescentes es este? —exclamó Lotte.

—Pensaba que teníamos derecho a la intimidad aquí —repuso Franziska. Me pareció que era la menos preocupada de la sala. Seguía irritada sobre todo por cómo le afectaba personalmente todo aquello.

Cuando todo el mundo hubo dado explicaciones, la sala quedó en silencio de nuevo. Todos miraban al coronel, me percaté de que había tomado el mando de la situación. O más bien los demás se lo habían dado. Esperaba recordar cómo había transcurrido la conversación; aún tenía el cerebro confuso de los medicamentos, y empezaban a temblarme las piernas del esfuerzo. Pensé cuánto tiempo podía quedarme en la pared sin desmayarme, recé para que acabaran pronto.

—De acuerdo, esto es lo que vamos a hacer —anunció el coronel, tras un rato en silencio. Se frotó los ojos enrojecidos. Teniendo en cuenta el sedante y lo mucho que había bebido el día anterior, estaba sorprendentemente lúcido y con la cabeza clara—. Está empezando a amanecer. Vamos a dividirnos en dos grupos y a inspec-

137

cionar la isla para saber si estamos solos o no. Pero antes quiero decir un par de cosas.

Los demás lo miraron como si fuera su profesor.

—Lo primero es que debemos mantener la calma. No hay que asustarse, porque el miedo es lo más peligroso. Nadie acusa a nadie de nada. No sabemos qué ha pasado, no vamos a sacar conclusiones antes de saberlo.

Paseó la mirada por todos y cada uno; me pareció que miraba a Franziska más tiempo.

—Lo segundo es que tenemos que andarnos con cuidado. Yo también he visto el cuerpo de Anna, y por lo poco que sé de patología coincido con Katia: la han estrangulado.

No dijo nada por un instante y bajó la mirada antes de continuar.

—Eso significa que o hay más gente en la isla o...

Se detuvo. Noté que Lotte abría los ojos de par en par del susto mientras miraba a todos los potenciales asesinos. Era evidente que no se le había ocurrido que era el escenario más probable. No esperaba que reaccionase tan mal a la situación. Estaba emocionalmente alterada, era lenta en ver lo obvio. Mi experiencia en Kyzyl Kum me había hecho pensar lo contrario, que las madres soportaban mejor la presión, mientras que los donjuanes como Jon eran los que se desmoronaban. Pensé si habría reaccionado de un modo distinto si sus hijos estuvieran en la isla, y que debía incluir la idea en mi informe final.

—¿Qué insinúas? —dijo en tono neutro.

El coronel se volvió hacia ella.

—Digo que nadie debe quedarse solo. Tenemos que permanecer juntos, todo el tiempo. Podemos dividirnos en grupos, pero nadie se va solo. Nos estaremos vigilando unos a otros. Es lo único que podemos hacer ahora mismo.

Dentro de la pared me temblaban las piernas, las tenía fuera de control y me caía sudor frío por el cuello y el pecho. Se me nublaba la visión con puntos negros. Si no me sentaba o bebía algo, me desvanecería. La voz del coronel empezó a sonar distante. Se levantó.

—Esta es mi propuesta: todo el mundo sube a su habitación a cambiarse, pero sin cerrar la puerta en ningún momento: asegurémonos de que nos oímos todo el tiempo. Luego nos reuniremos aquí en cinco minutos y saldremos juntos.

Nadie se opuso, todos empezaron a salir despacio, en grupo. Me mantuve en el sitio unos segundos, mirando el salón vacío, antes de salir de la pared con las piernas flojas y bajar a mi guarida subterránea.

El secretario admitió desde el principio que el antiguo sistema de vigilancia tenía deficiencias importantes: perdería el contacto con los participantes en cuanto salieran de la casa. No tenía manera de seguirlos fuera.

—Hay una cámara que da directamente a la puerta principal, pero ha sido imposible colocar más. Enseguida caen por el viento —explicó el secretario. En vez de replicar que debería montar las cámaras un poco mejor, le pregunté qué debía hacer si el grupo salía de la casa.

—Supongo que deberías aprovechar para recuperarte —dijo. Al ver mi cara de duda, continuó—: Te recomiendo encarecidamente que sigas mi consejo en esto. No vas a dormir mucho durante estos días, así que tendrás que hacer lo que puedas en pequeñas dosis cuando tengas oportunidad. Tú duerme si salen. Si puedes.

Estuve a punto de caer de bruces por la escalera que daba al Nivel Estratégico. El consejo del secretario parecía mucho más sensato ahora que la primera vez que lo oí. Fui dando tumbos hasta la nevera, cogí otra bebida energética de las que ocupaban la mitad del espacio y me la tomé de un trago. Luego me puse encima la manta térmica y me senté en el suelo, apoyada en la pared, esperando sentirme mejor. El temblor de las piernas fue remitiendo poco a poco, pero aún notaba la cabeza pesada e inerte, y las luces tenues y los colores apagados de mi pequeño búnker me hacían sentir aún más lenta, como si estuviera bajo el agua.

Cuando estuve segura de que las piernas me aguantarían, me levanté, me lo quité todo salvo la ropa interior y la camisola, me acurruqué en la litera e intenté repasar y memorizar todo lo que acababa de ocurrir en la sala que quedaba encima. Poco a poco me fui yendo, adentrándome en un sueño ligero en el que soñé que yo, o tal vez Siri, estaba pescando cangrejos de río en un lago donde pasé un verano horrible en un campamento cuando era pequeña. Nour me obligó a ir, y yo llamé a casa llorando todos los días hasta que accedió de mala gana a recogerme. Ni siquiera recuerdo si realmente lo pasé mal, tal vez fuera más una lucha de poder entre ella y yo.

Cuando finalmente fue a buscarme, fue como una victoria, pero cuando bajó de su viejo Trabant con los labios apretados, mientras yo estaba ahí de pie en la gravilla con mi maleta y un resignado monitor de campamento, me di cuenta de que lo que parecía un triunfo podría ser algo muy distinto. Ya entonces, Nour era incapaz de pensar que lo pasado, pasado está. Lo peor fue que cuando lo conseguí y estaba a punto de irme a casa, el campamento se volvió divertido de verdad. La víspera de que llegara Nour participé en una excursión para pescar cangrejos de río. «Deberías quedarte por lo menos con un buen recuerdo del campamento», dijo Iván, un monitor de manos amables y grandes ojos marrones. Uno de los simpáticos.

Fuimos a la orilla con las linternas, rodeados de bosque oscuro, y vaciamos un recipiente tras otro. Se acercaba el atardecer cuando regresamos a la cabaña con las piernas frías. En mi sueño, yo era yo y Siri al mismo tiempo, pero cada vez que metía la mano para ver si había cangrejos era como si el recipiente se expandiera y se hiciera infinitamente enorme. Noté el cangrejo moviéndose contra el dorso de la mano, pero nunca podía atraparlo. Saqué la linterna e iluminé el interior: vi que la trampa estaba llena de cangrejos negros que caminaban unos sobre otros, pero en cuanto metí la mano se habían ido de nuevo. Siguió así hasta que oí algo que me devolvió a la realidad. Sonó como si algo se hubiera caído una planta más arriba, dentro del pequeño puesto médico.

141

ESTOCOLMO
PROTECTORADO DE SUECIA
MAYO DE 2037

*E*l Presidente atravesó la puerta de la sala de interrogatorios. Ella se levantó presurosa, como gesto de cortesía, y su compañero hizo lo mismo cuando le lanzó una mirada de urgencia.

—¡Te veo sorprendida! —El Presidente esbozó una amplia sonrisa y luego hizo un gesto de desdén—. Por favor, sentaos. ¿Podríamos quedarnos un momento a solas, por favor? ¿Completamente solos?

El guardia asintió y se fue a apagar el sistema de escucha de la sala. Se quedaron todos sentados en silencio hasta que hizo un gesto de aprobación con el pulgar por la ventanita de la puerta.

El Presidente se sentó frente a ellos, en el asiento de los interrogatorios.

—No era mi intención impresionaros apareciendo así, sin avisar. En realidad solo quería desearos buena suerte, y asegurarme de que todos estamos de acuerdo en estos interrogatorios.

El Presidente se pasó la mano, ausente, por las solapas, como si se estuviera limpiando polvo o migas invisibles.

—¿De acuerdo? —Ella veía que su colega intentaba que su voz sonara firme, pero se le quebró como a un adolescente. Se aclaró la garganta. El Presidente lo miró con amabilidad.

—No es nada dramático, solo quiero asegurarme de que estamos todos en sintonía ahora que entramos en la fase final de la investigación.

—¿En qué sintonía está usted, señor Presidente?

Era mejor que él sonsacándole al Presidente, que siempre había tenido debilidad por ella. Ambos lo sabían, y ella fingía que no era consciente. Era un acuerdo práctico. Tenía ventajas. El Presidente sonrió de nuevo, contento de que le hiciera la pregunta que esperaba.

146

—Es bien sencillo, ¿no? Al fin y al cabo, está claro que hay una persona responsable de todo esto. Una persona que no ha hecho lo que debía, ¿verdad?

Eso era lo que ella esperaba y temía. Había que sacrificar a alguien. Por supuesto. El Presidente hizo un gesto hacia la mesa como si hubiera algo que solo él veía.

—Creo —dijo en tono suave— que es lo que ha demostrado la investigación, ¿no? Que ciertas cosas no se solucionaron como es debido. Que las cosas simplemente salieron mal.

—Pero… —Fue él quien alzó la voz. Ella le dio un golpe con el muslo bajo la mesa y él dejó de hablar. El Presidente no hizo nada por retomar el hilo de la conversación, y todos se quedaron callados.

—¿Y cómo ve su papel en todo esto, señor Presidente? —le preguntó al fin.

El Presidente la miró.

—Ah, ¿no te quedó claro al leer la investigación preliminar y las entrevistas iniciales? ¡Yo no sabía nada!

Su compañero suspiró en la silla de al lado, pero ella volvió a darle un golpe bajo la mesa como medida preventiva.

—¿No sabía nada? —Puso énfasis en cada sílaba.

—¡Nada! —exclamó el Presidente, que sonaba casi jovial—. Es una desgracia, pero no es ilegal. Es lo que ocurre a veces cuando eres responsable de mucha gente y muchos proyectos a la vez. No puedes estar al corriente de todo. —Los miró a los dos, y paseó la mirada entre ellos—. Entonces, ¿estamos de acuerdo?

Ella vio que su colega dudaba, pero no hizo caso y asintió en un breve gesto.

—Absolutamente, señor Presidente.

El Presidente se levantó y le tendió la manaza primero a él y luego a ella. Pensó que era como agarrar un remo.

—Excelente, entonces solo me queda desearos buena suerte a los dos con los ejercicios de hoy. Estoy ansioso por leer el informe. Y ahora, si me perdonáis, tengo otros asuntos que atender.

Se levantaron de nuevo y él se fue. A ella le habría gustado preguntar por Anna Francis, dónde estaba y cómo le iba, y no sabía si era bueno o malo haberse contenido. Probablemente bueno, pues el Presidente no había dicho nada. Si hubiera querido que ella lo supiera, les habría informado. Llevaba el tiempo suficiente colaborando con el Proyecto RAN para saber qué papel tenía Anna Francis en este juego, y pensó si ella lo había descubierto ya. Supuso que la tarea de explicárselo recaería en el Presidente.

Ella y su colega se vieron de pie juntos, con los ojos

clavados en la puerta que el Presidente acababa de atravesar. Ella se volvió y lo miró a los ojos.

—Dios mío —dijo él en voz baja, y se derrumbó sobre la silla.

El Presidente avanzó por el pasillo. En cuanto salió de la sala, la sonrisa desapareció de su rostro. Los dos guardaespaldas vestidos con traje lo seguían como si fueran su sombra. Las puertas se abrían ante él y se cerraban como si las movieran una manos invisibles.

—Ve a buscar el coche —dijo con brusquedad a un guardaespaldas, que bajó la escalera de inmediato, mientras el otro esperaba con él el ascensor. El Presidente notó que los pantalones del traje le apretaban un poco en la cintura y le tiraban un poco en los muslos, y pensó que debería empezar a subir por la escalera.

Llegó el ascensor y entraron. El guardaespaldas se quedó delante y a la derecha, él se apoyó en la pared que quedaba detrás.

El ascensor partió con un silencio como de vacío, y cuando salieron el otro guardaespaldas estaba colocando el coche justo frente a las puertas del ascensor. El del ascensor se adelantó y abrió la puerta del asiento trasero al Presidente, que entró mientras pensaba por un instante cuánto tiempo hacía que no se abría él la puerta. El guardaespaldas cerró la puerta, subió al asiento del acompañante y se fueron.

El Presidente se hundió en el asiento de piel negra. Se permitió mirar por la ventana mientras salían del aparcamiento subterráneo, pasaban por los puntos de control y se adentraban en la ciudad. Las nubes grises matutinas habían desaparecido para dar paso a un precioso día de los que uno imagina al pensar en la primavera, pero de los que solo hay dos o tres al año. Los pocos árboles que quedaban en el centro de la ciudad estaban verdes, con un brillo casi eléctrico.

El Presidente no era propenso a la autocrítica, pero esta vez se maldijo. Sin duda el resultado de la operación no tenía nada de malo, el verdadero resultado final, pero también se vio obligado a admitir que la situación se había descontrolado. Debería haberlo previsto. Demasiadas personalidades fuertes y gente actuando por iniciativa propia. Se maldijo a sí mismo y a la gente en general. Si hubieran dejado de pensar en ellos mismos y siguieran sus instrucciones, todo habría sido más sencillo. Dada la situación, tenía que aceptar parte de la culpa, por lo menos en la intimidad. Pero no en público, por supuesto, porque si era culpa suya formalmente jamás podría arreglarlo. Se acarició las solapas de nuevo y tanteó lo que llevaba en el bolsillo interior. Había mucho en juego, pero lo iba a solucionar. Ahora dependía de él.

El coche giró ante un edificio alto y gris. El campus se llamaba Karoliska, pero habían pasado muchos años desde que a alguien se le ocurriera rendir homenaje al rey Carlos XII y sus soldados. «Incluso siglos después de tu muerte corres el riesgo de que te despojen de tus ropajes», pensó el Presidente mientras el coche pasaba despacio por el recinto del hospital. Primero fue un héroe nacional durante siglos, luego se consideró un disidente y enemigo de la Unión. La estatua de Carlos XII que antes se erguía en el Jardín de la Unión en el centro de la ciudad había sido retirada años atrás. El Presidente tenía edad suficiente para recordar los disturbios de la década de 1990, cuando los cabezas rapadas se reunían allí para rendir homenaje al viejo rey guerrero, que se había pasado toda su breve vida adulta yendo de aquí para allá con un enorme ejército coleccionando batallas. El Presidente pensó que ese tipo de comportamiento en realidad no debía de ser tan difícil de entender para las autoridades de la Unión. Pero, claro, jamás lo diría si se lo preguntaran.

El coche se detuvo en el puesto de seguridad y esperó a que se abrieran las puertas. Una vez fuera, pasaron por la entrada de emergencia y se dirigieron a una de las alas inferiores, que sobresalía a un lado del gran casco cuadrado como la pata de un cangrejo. El coche se detuvo frente a una entrada sin marcar y, con los mismos movimientos coordinados que antes, el guardaespaldas saltó, abrió al Presidente y le siguió al entrar por la puerta, que subió en silencio y automáticamente con tal fuerza y brusquedad que el Presidente casi se dio de bruces.

Dentro del edificio, se detuvo a estudiar el cuadro paisajístico del vestíbulo mientras el guardaespaldas se acercaba a la ventanilla para anunciar su llegada. El otro guardaespaldas había aparcado el coche a una velocidad sorprendente, porque se unió a ellos al cabo de unos minutos. Pronto llegó un asistente y señaló al grupo una serie de puertas cerradas. Pasaron por pasillos iluminados con límites de color verde lima pintados en la pared. Aquí y allá había cabinas de madera pálida, con tapetes blandos sobre las mesas. No había nada afilado o anguloso, el Presidente tenía la sensación de estar flotando en un mundo de mantequilla. El asistente se detuvo y llamó a una puerta, que se abrió. Un hombre de barba entrecana asomó la cabeza y se sorprendió al ver al Presidente en la puerta de su despacho.

—Hola —dijo el Presidente con efusividad—, he pensado en venir a ver cómo estaba su paciente. ¿Puedo pasar?

Sin esperar una invitación, pasó por delante del hombre canoso con paso firme y los guardaespaldas cerraron la puerta tras ellos para quedarse solos en la sala. El hombre parecía querer situarse.

—No estaba previsto, ¿verdad? Pero, bueno, no pasa nada. Siéntese, hay una silla ahí...

El Presidente no hizo caso del gesto hacia la silla Windsor de madera que había en un rincón del despacho y se sentó en la silla de oficina del hombre entrecano, de modo que este acabó de pie en el centro de la estancia, un poco perdido sin saber qué hacer.

—Espero no molestar —dijo el Presidente—, pero pensaba que ya era hora de visitar a mi chica indispuesta. Me gustaría hablar un momento con la paciente, ¿puedo?

El hombre canoso negó con la cabeza antes de que el Presidente terminara la frase.

—No creo que sea buen momento. La paciente está muy sedada y aún se encuentra mal.

El Presidente lo miró con suspicacia.

—¿Física o mentalmente?

—Ambas cosas. El proceso de curación física va por buen camino, pero mentalmente... —Volvió a negar con la cabeza. El Presidente se dio una palmada en las rodillas.

—Bueno, en ese caso será mejor que hable ahora mismo con la paciente, ¡porque tengo buenas noticias! Creo que hará que se sienta mucho mejor.

El hombre no parecía convencido.

—No sé si es buena idea…

—Sí que lo es. Si una persona no puede tener ni una simple conversación sobre una buena noticia con su paciente tras semanas de cuidados, tendré que pensar seriamente en enviar este tipo de casos a otra unidad en el futuro. Y las subvenciones también, claro. Pero no hablemos de asuntos tan desagradables ahora mismo. ¡Quiero ver a la paciente!

El Presidente se levantó con ímpetu de la silla y se abrochó el botón de arriba de la chaqueta abierta. El hombre canoso debatió consigo mismo y luego asintió brevemente con la cabeza. Cogió un manojo de llaves y llamó a su propia puerta desde dentro. El guardaespaldas contestó y los dejó salir. El Presidente siguió al hombre por el pasillo. Se detuvieron en una habitación, donde el hombre volvió a llamar, esta vez con más cautela. Al no haber respuesta, giró la llave y entró. La habitación estaba vacía salvo por la cama, donde se veía la silueta de un cuerpo de espaldas a la puerta bajo la manta. A los pies de la cama había una mesa con unos cuantos ramos mustios. El hombre se acercó a la cama y sacudió con suavidad el hombro de la persona que estaba tumbada allí. Se volvió hacia el Presidente, con cara de alivio.

—La paciente está dormida. ¿Podría volver otro día?

—Me quedaré. Todo el mundo se despierta en algún momento.

El hombre soltó un profundo suspiro.

—Espere un momento —dijo, salió de la habitación y volvió al cabo de un momento con una silla. El bastidor era de un material parecido al acero, y el asiento parecía cubierto del mismo linóleo verde oscuro que el suelo. La dejó junto a la cama, abrió la ventana una rendija y luego se quedó allí con expresión confusa. El Presidente hizo un gesto despreocupado.

—Está bien. Se lo haré saber cuando me vaya. Seguro que tiene cosas que hacer.

El hombre no parecía querer irse, pero salió de la habitación. El Presidente se sentó en la silla, pasó la mano por el contenido de su bolsillo interior una vez más y, con la frente arrugada, miró el rostro dormido que tenía delante, en la cama.

ISOLA
PROTECTORADO DE SUECIA
MARZO DE 2037

Anna

Me quedé absolutamente quieta en mi pequeño catre, escuchando los sonidos del puesto médico, cuyo suelo era mi techo. Una voz de mujer (¿Katia?) gritaba: «¡No, no!», más pasos y ruidos sordos, y luego un chillido. Varios golpes fuertes, como si cayeran objetos pesados al suelo, y luego silencio. Después resonaron unos pasos como si salieran de la habitación. Invertí unos segundos en pensar qué hacer, y tomé una decisión. Con las piernas inestables, me esforcé por levantarme. Luego atravesé la habitación dando tumbos y subí la escalera estrecha, abrí la escotilla y subí al congelador. Si había sido difícil bajar, era casi imposible volver arriba sin hacer ruido o quedarme atascada. Al final logré ponerme en una posición desde la que podía introducir el código de desbloqueo en el panel de control, que estaba escondido junto con el botón de la escotilla en lo que parecía una espiral de congelación. Luego, con la máxima discreción posible, abrí la tapa una rendija y miré la habitación.

Era un caos. Había objetos esparcidos como si se hubiera producido una pelea. La cama de hospital estaba volcada y debajo estaba Katia, que parecía inerte. Un oscuro arco rojo se expandía debajo de la cabeza a una velocidad alarmante.

Abrí un poco más la tapa y, cuando me pareció que la habitación estaba vacía, decidí probar. Salí a duras penas del congelador y me acerqué a Katia tambaleándome.

—Katia —susurré—. Katia, ¿me oyes? —No reaccionó.

Le puse una mano en el hombro y la sacudí con suavidad. Seguía sin reaccionar. Me arrodillé sobre la sangre, resbaladiza y pegajosa, para intentar ver si respiraba, pero no veía ni oía inspiraciones, no me atreví a levantarle la cabeza para estudiar la herida con la cama encima de su torso, contra el suelo, así que me levanté e intenté moverla.

158 Tal vez fue porque aún tenía la mente turbia y pesada por los medicamentos, pero fui demasiado lenta. Oí los pasos por detrás, me di la vuelta, pero no fui lo bastante rápida para ver quién estaba ahí ni protegerme. Sentí un fuerte golpe en la sien, y todo se quedó a oscuras.

Henry

Me encontré al coronel abajo, junto a la pequeña franja de arena de detrás de la casa, en el lugar que Anna 159y yo habíamos visitado la víspera. Estaba ahí de pie, contemplando el agua. El viento soplaba a una intensidad como mínimo moderada, pero no parecía tener problemas para mantenerse erguido. Era un hombre alto y fornido, pero a medida que me fui acercando vi que tenía los hombros caídos.

—¿Ves algo? —dije, para que supiera que me acercaba por detrás. Se dio la vuelta, con los ojos teñidos de rojo, llorosos e hinchados. Clavó su mirada vacía en mí, y se me ocurrió que debía de tener una resaca terrible. O que ya había pasado esa fase. Los alcohólicos veteranos no lo pasan tan mal, o más bien lo pasan mal la mayoría del tiempo.

El coronel se volvió hacia el mar.

—Es una desgracia —dijo cuando me coloqué a su lado—. Era una chica dulce.

Aunque «dulce» no fuera la palabra que yo habría

utilizado para describir a Anna, era imposible no notar la tristeza en su voz. Era razonable pensar que una persona como el coronel le cogiera cariño a alguien como Anna. Dos adictos al trabajo. Quería decir algo, pero no sabía qué, así que me quedé ahí en silencio, de cara al viento. Me metí las manos en los bolsillos y encogí los hombros para protegerme del frío atroz, pero en vano. La luz gris y el azote del viento, lleno de diminutas gotas saladas de agua, era como papel de lija contra la cara.

—¡Hay algo en todo esto que no encaja! —dijo a voces de pronto el coronel.

—¿A qué te refieres? —El viento me estaba haciendo saltar las lágrimas también. Me sequé los ojos con el dorso de la mano. Las puntas de los dedos aún me olían a Anna, y en un microsegundo me pasaron una serie de imágenes por la cabeza, su cuerpo en la oscuridad. La curva de las cejas. La silueta de la cadera. El hueco oscuro encima de la clavícula, como un cuenco.

—Esto. Todo. Esta isla. Esta muerte. Esta reunión de gente para esta misión.

Se volvió hacia mí para escudriñarme, como si esperara que dijera algo, le diera la información que le faltaba. Al ver que yo no decía nada, apartó la mirada de nuevo.

—Es que no encaja —dijo, lacónico.

Seguía con la mirada a Lotte que, con su abrigo de lana y el práctico corte de pelo un tanto despeinado, fisgoneaba sin rumbo más arriba de la colina, donde los escasos arbustos se convertían en un matorral casi impenetrable. De vez en cuando se levantaba una ráfaga de aire que casi la arrastraba un poco más abajo de la ladera. Pensé si era seguro que caminara por allí arriba, o si debería decirle que bajara. Bajo la sombra de una gran casa, que se erguía sobre ella con sus proporciones desviadas, parecía más una anciana que hubiera perdido el monedero que alguien en busca de un asesino.

—Y luego está lo de la radio de comunicación —dijo el coronel—. El hecho de que no funcione es preocupante. Muy preocupante. Por cierto, ¿sabes qué es este sitio?

Lo negué con la cabeza.

—Yo tampoco, y eso también me inquieta. Pensaba que habría oído hablar de sitios como este. No te mentiré, empiezo a preguntarme para qué fue creado. ¿Para qué necesitan un acantilado inaccesible con una casa encima?

—¿Tú qué crees? —pregunté.

—Yo no creo nada. Pero me lo pregunto.

—¿Conoces al Presidente?

El viento se llevó mis palabras, pero por lo visto el coronel las entendió de todas formas.

—Yo no diría que lo conozco. Pero hace mucho tiempo que sé de él. Es un trepa.

El coronel escupió la palabra.

—Un trepa con ambiciones. Siempre son los peores.

—¿Confías en él?

—No más de lo que confío en ti. O en cualquier otra persona de las que hay aquí. Y supongo que tú te sientes exactamente igual. —Al ver que no respondía, el coronel continuó—: Que sea un borracho no significa que sea idiota. Me doy cuenta de las cosas. Contigo, por ejemplo. Sé lo que estás haciendo. Lo haces bien, pero te veo haciéndolo.

Noté que se me aceleraba el corazón. «No significa nada, es un viejo zorro de los servicios de inteligencia, ve fantasmas, sospecha de todo el mundo.» Le pregunté a qué se refería con la esperanza de que mi voz sonara normal.

161

—Creo que ya lo sabes —dijo el coronel—. Estás vigilando. Lo veo.

No parecía querer decir nada más, y yo no quería alimentar su paranoia haciendo más preguntas. «Hasta aquí ha llegado su discurso sobre no difundir el miedo ni la sospecha.» Pensé si de verdad había sido la decisión correcta dejarle tomar el mando de la isla.

—¿Qué pensaste cuando la encontraste?

Se me escapó la pregunta antes de poder evitarlo. Pensaba que solo la había formulado en silencio en mi cabeza. Decidí que tenía que prestar más atención a mis síntomas de fatiga.

—Al principio pensé que se había caído. Tal vez desmayada, igual que mi mujer, que a menudo sufría bajadas de tensión cuando se ponía en pie, y pensé que a lo mejor se había dado un golpe en la cabeza. Pero esas marcas en el cuello... —Su voz se apagó. Ninguno hizo ademán de irse de la playa a buscar a un asesino desconocido. Me di cuenta de que él tampoco pensaba que existiera.

De pronto el coronel se volvió hacia mí.

—¿De dónde has llegado tú, por cierto?

—Estaba en el otro lado de la casa.

—¿Quién más había?

—Jon y Franziska.

El coronel se quedó mirándome, sus ojos llorosos de pronto me observaban con dureza.

—¿Jon y Franziska?

—Sí, estábamos buscando el cobertizo de botes, y como lo tenían todo bajo control pensé en bajar aquí a ayudaros.

—¿Jon y Franziska? —preguntó por tercera vez, esta vez en un tono aún más tenso—. ¿Solo Jon y Franziska?

—Sí —contesté.

—Pero en ese caso, ¿dónde está la médica, Katia?

Se me paró el cerebro y lo miré desesperado. Antes de poder decir nada, el coronel dio media vuelta y salió corriendo desde el borde del agua.

—¡Espera! —le grité.

—Quédate ahí —me contestó—. ¡Sigue rastreando la isla!

Le oí decirle algo a Lotte mientras subía, y ella lo siguió de inmediato hasta la casa. Los vi irse, bajo la luz gris, y sentí que me iba a estallar la cabeza. Cuando los perdí de vista miré el reloj, y yo también eché a correr.

Anna

*M*e desperté con el sonido de un zumbido urgente.
Lo primero que vi fue el suelo, tardé unos segundos en entender qué pasaba. Estaba vacío. Katia no estaba. Intenté levantar la cabeza, pero el dolor en la sien me hizo bajarla. El cerebro me funcionaba despacio, con lentitud. Traté de levantarme y logré sentarme. Alguien había ordenado el cuarto. La cama ya no estaba volcada, sino en su sitio. Habían limpiado el suelo, cualquiera que no supiera que había habido un gran charco de sangre no notaría las leves líneas que había dejado la fregona. No había rastro de Katia. Lo único raro en esa habitación en ese momento era que yo estaba ahí sentada en ropa interior. Logré ponerme en pie sobre las piernas inestables. Sentía la cabeza como un bolo y la boca me sabía a sangre. Luego me di cuenta de dónde venía el sonido que me había despertado: alguien estaba tocando el timbre que había fuera del puesto médico una y otra vez. Y ahora estaban aporreando la puerta y tirando del pomo.

—¡Ve a buscar la llave a la cocina! —Oí que gritaba alguien. Era evidente que tenía que moverme, volver al Nivel Estratégico, y rápido. Me tambaleé hasta el congelador, abrí la tapa, logré meterme y cerrarla. Intenté desesperadamente recordar el código. Nueve dígitos. Mal en el primer intento. Los oí forcejeando con la cerradura fuera. Me temblaban tanto los dedos que casi no acertaba los números. Mal en el segundo intento. La puerta del puesto médico se estaba abriendo. Solo me quedaba una oportunidad. Las voces estaban en el cuarto. Una voz de mujer, la de Lotte o la de Franziska, costaba distinguirlas.

—Aquí dentro no está.

—¿Estás segura? —Era el coronel.

Oí cómo se movían por el cuarto. Solo era cuestión de tiempo que alguien levantara la tapa del congelador. Introduje despacio los dígitos, última oportunidad. Me temblaba la mano de un modo incontrolable.

—¿Puedes ir a ver el botiquín? —La voz del coronel se acercaba. Solo me quedaban tres dígitos.

—Es raro que desaparezca, ¿no crees? —Estaba casi segura de que era Lotte. Su voz me llegaba desde una mayor distancia. Sonaba alterada.

Introduje el último dígito y el panel de control se quedó negro. El congelador estaba cerrado. En ese preciso instante, la tapa se movió. Contuve la respiración. El coronel tiró de la tapa una vez más.

—Sí, es muy raro, una desgracia. ¿Sabes cómo abrir esto?

El panel de control interior se iluminó, justo al lado de mi cara. Entendí que estaba probando diferentes códigos, deseé que fueran aleatorios. Según mi información, Katia y yo éramos las únicas que podíamos bloquear y desbloquear el congelador, pero la doctora

165

había desaparecido y no sabía dónde estaba, solo que alguien ahí fuera se la había quitado de encima. Si era el coronel, a lo mejor la tenía retenida para que le diera los códigos. El coronel arañaba el panel de control con las manos a centímetros de mi cara. Contuve la respiración.

—Aquí no encuentro nada. ¿Vamos a ver en la cocina? —Era Lotte.

Oí que el coronel se levantaba, el panel de control se quedó a oscuras y sus pasos salieron de la habitación. Quienquiera que hubiera atacado a Katia había conseguido esconderla en algún lugar de la isla, apartado, porque los demás la estaban buscando. Seguramente esa misma persona me había golpeado en la cabeza. Alguien ahí fuera sabía que yo no había muerto la noche anterior.

166   Me quedé un momento donde estaba, respirando y estudiando las opciones que tenía. Se me ocurrió que la persona que nos había atacado a Katia y a mí podría estar escondida en el Nivel Estratégico, junto con ella. Si era así, me estaba lanzando a sus brazos si bajaba. Pero aún parecía más peligroso ir en la otra dirección, y quedarme en el congelador hasta que llegaran los rescatadores era la peor opción. Así que decidí bajar de todos modos.

Con el máximo sigilo y cautela posibles, bajé la empinada escalera. La habitación abajo estaba vacía, como la había dejado. Tenía la esperanza de que eso significara que Katia y yo seguíamos siendo las únicas que sabíamos que existía el Nivel Estratégico y cómo llegar. Aún tenía las rodillas manchadas de sangre seca, así que humedecí una toalla para limpiármelas. Luego la metí en una bolsa y la cerré con cinta adhesiva por si pudiera servir de prueba. Había medicamentos en el estante que me quedaba encima; con ciertos esfuerzos cogí la botella de analgésicos, saqué tres y me los tomé. Tenía la boca seca, tuve que tragar varias veces. Aún tenía el sabor del medicamento en la boca cuando me senté frente a las pantallas al otro lado de la habitación. Intenté no pensar en Katia ni en lo que significaba su desaparición, pero costaba. ¿Debería interrumpir mi misión y salir a buscarla? Estaba indecisa. Tenía instrucciones de no revelar mi misión pasara lo que pasase. Decidí que a lo mejor tenía más opciones de encontrar a Katia buscándola desde aquella ubicación con las herramientas de las que disponía: las pantallas y las paredes.

Empecé a revisar las imágenes granulosas que tenía a disposición, pantalla por pantalla. En la planta baja vi a Lotte y al coronel registrando metódicamente la cocina y el salón; arriba vi a Jon y Henry corriendo por el pasillo y abriendo las puertas de todas las habitaciones. Franziska estaba cerca de la escalera, de brazos cruzados, no parecía decir ni hacer nada. Parecía que su silueta pequeña y granulada de color azul verdoso tenía mucho frío, se veía incuso en mi pantalla pixelada porque no paraba de ajustarse el abrigo con borde de piel una y otra vez, como si no la abrigara suficiente. Al final los tres desaparecieron de la imagen de la cámara del pasillo de arriba y volvieron a aparecer en la que captaba el gran vestíbulo. Entraron en la cocina, donde estaban todos reunidos, y corrí arriba para oír lo que decían, abrí la estrecha puerta y volví a la pared.

—¿Cómo puede haber pasado? Pensaba que estaba contigo.

A Lotte se le quebró la voz, sonaba a punto del ataque de nervios.

—Cada uno es responsable de sí mismo, ¿no? Estaba con nosotros cuando salimos, de eso estoy segura, y no es mi trabajo tener constancia de dónde está todo el mundo —repuso Franziska.

Estaba apoyada en la silla de la cocina donde Jon se había desplomado. Este empezaba a tener muy mal aspecto. Probablemente también tenía una resaca horrible, como el coronel, y estaba inclinado hacia delante en su silla, como si estuviera en el retrete.

Franziska, en cambio, parecía recuperada del impacto inicial y con fuerzas. De algún modo había encontrado tiempo para arreglarse y vestirse conjuntada. Se había quitado el abrigo y debajo llevaba unos pantalones negros anchos y una chaqueta fina de color rosa claro, con un dibujo como de flores, de las que parecen hechas a mano pero en realidad son ridículamente caras, probablemente importada. Era el tipo de ropa que podría haber escogido para una entrevista en casa para una revista femenina, aparentemente sin esfuerzo e informal.

Ahora que podía observarla sin distracciones, vi que tenía una pequeña hendidura extraña en la garganta, justo debajo de la barbilla, y que la piel de alrededor de los ojos se tensaba demasiado cuando hablaba. Seguramente cirugía plástica. Corrían rumores de que los máximos dirigentes del Partido y otros dignatarios tenían clínica propia y traían a cirujanos plásticos americanos para operar a los mejores del país por unos precios desorbitados con la mayor confidencialidad. Me pregunté si Franziska lo había hecho. Tal vez su cuñado del departamento de interior le había organizado las operaciones; normalmente funcionaba así. Oí el bufido fuerte y resonante de Nour en mi cabeza. Siempre había odiado ese tipo de vanidad y superficialidad con un fervor que me hacía pensar si en realidad era una cuestión de celos.

Se me ocurrió que Nour y Franziska debieron de moverse en los mismos círculos en un momento dado, y me pregunté si se conocían. No era descabellado. Tal vez Franziska había sido una de las que iban al piso de Nour en Hökarängen, con el humo del tabaco picándole en los ojos y el vaso de vodka siempre lleno, cantando canciones del Partido y discutiendo de política mientras yo estaba en la habitación de al lado con una almohada en la cabeza, intentando dormir. Me habría gustado preguntárselo a Franziska, aunque solo fuera para ver su reacción, pero ya era demasiado tarde. Fuera como fuese su juventud, era evidente que había escalado en el aparato del Partido mejor que Nour, teniendo en cuenta su posición actual. Si las pusieras una al lado de la otra, se vería claro que Franziska encarnaba la historia de éxito. Solo su mirada reservada decía algo distinto.

169

La conversación sobre qué podría haberle pasado a Katia daba vueltas en la habitación.

—¿Cómo sabemos que no se ha ido de la isla? —Era Jon, que levantó la cabeza con gran esfuerzo.

—No hay manera —dijo el coronel, cansado—. Fuiste a ver el cobertizo para botes, ¿no? Por lo que sé, aquí no hay ningún barco lo bastante fiable para trasladarla a una distancia considerable con este viento.

—¿Entonces alguien podría haberla recogido?

Por lo visto Jon no quería abandonar su teoría. El coronel siguió contradiciéndole en un tono que era como si hablara con un niño revoltoso que no quería escuchar.

—Si la hubieran recogido en helicóptero, lo habríamos notado. Esta isla es demasiado pequeña para que alguien aterrice sin que lo vea todo el mundo.

—A lo mejor está escondida por voluntad propia.

—¿Por qué demonios iba a hacer eso? —repuso Franziska.

Pensé que, llegados a este punto, solo la había oído usar dos tonos de voz. Uno alegre, que usó con Jon durante la cena de la víspera, y este irascible, desagradable, que por lo visto era su manera normal de conversar. Jon la miró.

—No lo sé… a lo mejor tiene miedo. A lo mejor sabe algo que nosotros no sabemos.

Jon respiró hondo y continuó:

—A lo mejor sabe quién es el asesino y se está alejando de él…

—O ella —intervino Lotte.

—O ella —concedió Jon—, o a lo mejor incluso es ella quien… Ella fue quien encontró el cuerpo de Anna, ¿no? ¿Cómo sabemos que no la estranguló y luego…?

Miró a los demás para recoger apoyos para su teoría, que le parecía más atractiva a medida que iba hablando. Su voz ganó firmeza y se volvió más didáctica: quedó claro una vez más que estaba acostumbrado a que le escucharan.

—Es totalmente plausible. Asesina a Anna, encierra el cuerpo para que los demás no podamos examinarlo y luego se esconde. Me parece un escenario razonable, y creo que deberíamos empezar a actuar según él.

—El suelo —dijo el coronel en voz baja.

Los demás se volvieron a mirarlo.

—¿Qué? —dijo Jon.

—El suelo —repitió el coronel, esta vez un poco más alto—. Parecía que alguien hubiera fregado el suelo. Por lo que pude ver, alguien había limpiado sangre.

Sacó un pañuelo blanco del bolsillo y lo sujetó en alto. Un lado estaba de color marrón óxido. Todos los presentes en la sala miraron confusos el pañuelo, y de pronto el coronel vio que no entendían qué les estaba enseñando.

—Cuando estuve en el puesto médico con Lotte, vi que parecía que alguien hubiera limpiado el suelo, así que saqué un pañuelo y limpié un poco más, y creo...

Se detuvo.

—Creo que es sangre, y si lo es, cabe pensar que es de Katia. Lo que significa que estaba sangrando en el suelo y alguien, o ella misma, luego lo limpió. Así que ahora parece más plausible que alguien le hiciera daño y limpiara después. Pero no lo sabemos. De momento, no veo motivos para que Katia se hiciera daño a sí misma, luego lo limpiara y desapareciera. La navaja de Occam, amigos. Significa...

—Que lo que es probable seguramente sea cierto. Sí, lo sé, no hace falta que me lo expliques —repuso Franziska.

El coronel no hizo caso de su sarcasmo y continuó:

—Es lo que tenemos ahora mismo. No hay más. No sabemos nada más.

—Podría ser cualquier cosa —dijo Jon, pero su voz ya no tenía peso.

—Por cierto, he comprobado la radio de comunicación cuando he estado abajo —dijo el coronel—. Sigue sin funcionar.

Henry no decía nada. Estaba ocupado sirviendo café en un termo. Un gesto extraño de anciana, en vez de servirlo directamente. Cuando empezó a darse la vuelta y a servir café en las tazas de los demás, parecía un criado.

Ya sabía que a veces sabía cómo volverse invisible, y que lo hacía a propósito, cuando prefería escuchar que hablar. Sentí un escalofrío por todo el cuerpo al mirarlo, el deseo de atravesar la pared y hundir la nariz detrás de su oreja, y abrazarlo por la cintura.

También parecía cansado y con frío mientras caminaba con el termo. Habría dado cualquier cosa por estar tumbada en una cama en algún sitio con él, de resaca y viendo películas antiguas. En cuanto lo pensé, una extraña incertidumbre me invadió: sabía que eso jamás sucedería. Me dieron ganas de llorar.

—Es más —dijo el coronel, que dirigió una mirada estricta a Jon—, creo que deberíamos ir con mucho cuidado con las teorías de culpables en este asunto. Si lo convertimos en una caza de brujas estamos perdidos: es muy importante que todos lo recordemos.

Franziska enseguida puso más objeciones.

Mientras estaba ahí escuchándolos discutir sobre qué hacer a continuación, con dos personas desaparecidas y probablemente muertas, y cómo iban a organizar una búsqueda más exhaustiva en la casa, me recordaron que en realidad había otra forma de comunicarse con el mundo exterior, además de la radio de comunicación del puesto médico: el teléfono por satélite de Lotte. El que le había visto la noche anterior. La observé mientras caminaba de un lado a otro por la sala. A diferencia de Jon y Franziska, no era nada extravagante en el vestir. La única anomalía en su estilo sencillo era el gran bolso de piel brillante al que se aferraba casi desesperadamente con ambas manos mientras caminaba. Hacia la ventana. Hacia una silla. Supuse que guardaba el teléfono por satélite en el bolso y por eso lo llevaba siempre encima.

El secretario me había dado instrucciones claras de que mi función era observar y nada más. Pasara lo que pasase, no debía interferir en el curso de las cosas. Sin embargo, una vez más, los acontecimientos me habían afectado de una manera que no sé si el secretario tenía prevista. Por una parte, hasta cierto punto me habían descubierto. Alguien en la isla sabía que no había muerto la primera noche y había hecho lo posible por neutralizarme. Como no habían visto mi cuerpo, él o ella vio que eso había fallado, y que yo seguía en la isla, posiblemente herida pero aún viva. Por otra parte, ahora Katia también estaba desaparecida, y si no estaba muerta estaba por lo menos gravemente herida. Había mucha sangre en el suelo. Me planteé si debía salir de mi escondrijo y contar a los demás lo que sabía, pero decidí que era más seguro seguir escondida. De momento, nadie más que yo sabía que existía el Nivel Estratégico ni cómo llegar a él, así que contaba con una ventaja. Además, pensé en la amenaza del Presidente en la sala de reuniones de la decimocuarta planta. Acortar la misión tendría consecuencias en las que no querría ni pensar. Pero tal vez había otra posibilidad: podría intentar ponerme en contacto con el secretario, pensé mientras veía a Lotte apretando el bolso contra su cuerpo como si fuera una manta eléctrica.

De pronto el coronel apoyó las manos en las rodillas y se levantó como pudo.

—Tenemos que volver a registrar la casa, toda. Si Katia se ha escondido o la han escondido en esta casa, debe de estar gravemente herida. Propongo que nos dividamos.

—Creo que también necesitamos desayunar —dijo Henry con calma.

—Sí, es verdad. —El coronel le lanzó una mirada agradecida—. Tú y Lotte os quedáis aquí, id primero a la planta baja y si no veis nada empezad a preparar el desayuno. El resto registraremos el resto de la casa juntos con el máximo cuidado posible. Recemos por que encontremos a Katia antes de que sea demasiado tarde.

Lanzó a Franziska y a Jon una mirada urgente y salió de la cocina con los demás.

Pensé en cómo manejar la situación ahora que el grupo se había dividido en dos, y al final decidí bajar a las cámaras para tener una visión general de todos a la vez. Durante la media hora siguiente, gracias a las pantallas, estudié cómo buscaban los dos grupos, en sitios probables e improbables, cómo Lotte y Henry registraban primero la cocina y luego el salón. Luego pasaron a todos los armarios y todos los rincones y ranuras que quedaban en medio, mientras el coronel, Jon y Franziska registraban las habitaciones de arriba. Lotte llevaba el bolso encima todo el tiempo, en todas las habitaciones, solo lo dejaba cuando necesitaba las dos manos. Me pareció ver a Henry mirar el bolso cuando Lotte estaba ocupada en otro sitio, y supuse que también pensaba en el teléfono por satélite. A lo mejor buscaba una oportunidad de sacarlo del bolso, o quizá solo estaba intrigado igual que yo. No parecía que encontraran nada con Lotte, y al final dejaron de buscar y desaparecieron en la cocina a preparar el desayuno. Al cabo de un rato, el grupo de arriba se unió a ellos, salí de las pantallas y volví a la pared de la cocina. No había mucho que escuchar. Las cinco personas de la cocina se pusieron a desayunar en un silencio agobiante. La luz gris de fuera fue pasando de manera imperceptible al final de la mañana, y el viento arreció.

De pronto, Henry se levantó y se dirigió a la ventana. Se volvió hacia los demás.

—¿Qué es eso que se mueve ahí fuera?

El coronel se colocó a su lado y miró por la ventana.

—No lo sé, ¿alguien puede pasarme los prismáticos? Creo que vi unos en el salón.

Lotte se levantó y desapareció de mi vista, para volver al cabo de un momento con unos prismáticos que le pasó al coronel. Él miró y soltó un grito.

—Pero qué diablos... ¡es el embarcadero!

Todo el mundo dio un respingo en la silla. El coronel agarró su chaqueta y salió corriendo por la puerta. Los demás lo siguieron. Junto a la silla de Lotte, estaba su bolso.

Vi que era mi oportunidad, ahora o nunca.

Cuando tuve la absoluta certeza de que todo el mundo había salido de la casa y bajado al embarcadero, volví a pasar por el congelador y salí al puesto médico. Sin pensar en lo que estaba a punto de hacer, corrí al estante de los medicamentos, encontré lo que buscaba y me metí la botella en el bolsillo. Luego salí de la habitación. La casa parecía enorme ahora que no había nadie. Corrí a la cocina, agachada para que no me vieran por la ventana. Agarré el bolso de Lotte y tuve que toquetear un momento el mecanismo de cierre antes de conseguir abrirlo. Era de ese tipo de personas que llevaban de todo menos el fregadero de la cocina en el bolso. Monedero, llaves, chicles, un horario de autobús analógico, tampones, parches, recibos sujetos con un clip de papel, una barrita de chocolate a medio comer, horquillas, un dibujo infantil con orejas de perro y una especie de borrón naranja, un brazalete que parecía comprado en una tienda de baratijas.

175

De pequeña, Nour tenía un maletín grande que siempre llevaba encima. Yo no podía mirar dentro, por eso me encantaba hurgar en él cuando ella no prestaba atención. Era como un léxico secreto, una manera de entenderla.

Reunía pruebas, recibos de lugares donde había tomado un café y objetos que había comprado. Revisaba su agenda para ver a quién había visto. Fiel a su espíritu paranoico, a menudo no apuntaba la información exacta, solo una inicial o una hora. Lo guardaba todo en mi memoria, en mi cofre interior, como si necesitara información que retener sobre Nour aunque no supiera muy bien por qué.

Revisé el bolso de Lotte del mismo modo metódico, aunque enseguida vi que el teléfono por satélite no estaba. Me guardé una horquilla, cerré el bolso y lo dejé a un lado. Miré con cuidado por la ventana para asegurarme de que nadie estaba volviendo a la casa. Luego salí de la cocina, subí la escalera y recorrí el pasillo. Conté las puertas de la izquierda hasta que llegué a la de Lotte. Estaba dispuesta a abrirla con la horquilla (algo aprendido en la infancia y luego pulido en Kyzyl Kum), pero resultó que la puerta estaba abierta y entré. La luz interior era tenue, las cortinas estaban medio cerradas y había ropa por todas partes. Un par de bragas blancas de algodón, claramente usadas, estaban arrugadas en un par de medias de nailon, la cama estaba sin hacer, aunque alguien había estirado el edredón y había salido corriendo. Seguramente así fue exactamente como ocurrió. Si me sentía irreal cuando me movía por dentro de las paredes, ahora estaba casi presa del pánico. Era socialmente reticente a moverme por la habitación de una desconocida, hurgar en su ropa y pertenencias, en su armario, en su lavabo. Me sentía como una loca, alguien que había cruzado la línea. Pese a que solo llevaba medio día escondida, no era natural estar en medio de una habitación, completamente visible, en vez de escondida en un pasillo oscuro. Respiré hondo, me recompuse y empecé a buscar.

Registré la habitación de la forma más metódica que pude, y de vez en cuando miraba por la ventana. Los demás parecían muy ocupados en el borde del acantilado, y crucé los dedos para que estuvieran fuera un rato más.

Me llevó mucho tiempo registrar la habitación: aún tenía las manos torpes por los medicamentos que me había dado Katia horas antes y el golpe en la cabeza. En varias ocasiones me vi allí con algo en la mano, sin saber de verdad cómo había llegado hasta ahí o cuánto tiempo llevaba así. Intenté ser sistemática y llegué a mirar bajo la tapa del depósito del retrete, pero por mucho que busqué no encontré el teléfono. Por supuesto, quizás ella lo llevaba encima, escondido en su cuerpo, pero me parecía poco probable porque era grande y voluminoso. Llevarlo así era pedir a gritos que alguien lo descubriera. De pronto se me ocurrió otra idea. Había otra persona que sabía que Lotte tenía un teléfono, alguien cuya habitación estaba al otro lado de la pared.

Henry.

La habitación de Henry tampoco estaba cerrada, me quedé un momento en el umbral antes de entrar. Me pareció distinta a la luz del día, pero una cosa era igual: apenas había pruebas de que él hubiera estado ahí. A diferencia de la febril ausencia de Lotte, en esta habitación reinaba la calma de un monasterio. No había nada en la habitación que indicara que él la ocupaba, que alguien la ocupara, en realidad. La cama estaba como si la hubiera hecho el personal de un hotel, con las sábanas tensas, y todas las pertenencias estaban escondidas, salvo una carpeta en la mesilla. Me puse a mirar debajo de la cama, donde encontré su maleta vacía. Había sacado todo lo que se había llevado y la había dejado, con la etiqueta del avión completa, debajo de la cama.

Por motivos que ni yo misma entendía, esa pulcritud me resultaba exasperante. Me acerqué al armario y lo abrí. La ropa también estaba colocada en un perfecto orden. Había un par de zapatos de piel en el suelo. Dos blazers. Pantalones oscuros. Camisas recién planchadas en las perchas, un par de camisetas interiores. En un estante había dos jerséis de punto en tonos que recordaban al material de construcción, reconocí uno de ellos de la primera noche. Este orden común y corriente también me irritaba, pero por extraño que parezca también me resultaba atractivo. Había algo sensual en ver su ropa, tocarla. La ropa que había rozado su piel, tocado su pecho, sus brazos. Estiré la mano y acaricié una camisa de color gris azulado, luego me incliné para olerla. Olía a suavizante. Los pliegues de las mangas estaban tan bien planchados que casi parecían afilados, y me pregunté distraída si se planchaba las camisas él o las llevaba a una tintorería.

178 Hurgar en el guardarropa de Henry me hacía sentir ventaja en cierto modo, como si por fin pudiera observarlo todo lo que quisiera sin que él lo supiera. Levanté el jersey de nuestra primera noche e inspiré el aroma. Desprendía un olor suave a loción de afeitar y a ser humano.

Por una fracción de segundo pensé en llevármelo, pero enseguida me di cuenta de lo absurdo que era correr el riesgo. Dejé el jersey en su sitio y seguí rebuscando en lo demás aleatoriamente. Entonces lo encontré. Detrás de la ropa había un armario que se extendía hasta la pared. La puerta parecía de una caja fuerte, pero lo probé y no estaba cerrada, pude abrirla. Pese a que el armario estaba bastante oscuro, vi de inmediato lo que contenía. Había un montón de papeles: un dossier personal, con una fotocopia de mi pasaporte delante. Y una pistola.

Retrocedí como si la puerta del armario me hubiera quemado, y dejé escapar un chillido. Di unos pasos hacia la ventana. Para mi consternación, vi que los demás habían empezado a regresar a la casa, y rápido. Sin saber por qué, cogí la pistola del armario, cerré la caja fuerte, puse la ropa delante, cerré el armario, salí de la habitación y bajé corriendo la escalera. Oí que se abría la puerta principal cuando entraba en el congelador. Alguien dijo: «¡Ve a buscar la manta térmica!». Se acercaron unos pasos, pero esta vez conseguí cerrar el congelador a la primera. Me quedé lo más quieta posible, oí ruidos sordos, alguien que rebuscaba en la habitación, con prisas. Por lo visto la persona encontró lo que buscaba y oí sus pasos alejándose corriendo y la puerta que se cerraba. Intenté centrarme contando despacio hasta cien. Luego emprendí mi arduo viaje por la escotilla. Procuré bajar la estrecha escalera con el máximo sigilo, y regresé a mi cuarto subterráneo, jadeando, con la pistola pesada en la mano.

179

Henry

—¿*D*ónde está? ¿Dónde está?

Lotte me estaba gritando en la oreja. Necesité todo mi autocontrol para no decirle que se callara. En cambio seguí subiendo a duras penas por la escalera con la ropa pesada y helada. Una vez arriba, me desplomé boca arriba para intentar recuperarme.

Desabroché el cierre del salvavidas húmedo y rígido y me lo quité retorciéndome, luego me puse de lado y tosí. Me salió agua salada de la boca cuando me levanté. Apoyé la frente en la hierba fangosa y pisoteada e intenté respirar con normalidad. Por poco no pude llegar a tierra.

Unos quince minutos más tarde estábamos todos en el embarcadero, o más bien en la hierba junto a la escalera, donde antes estaba el embarcadero, que en ese momento se alejaba flotando rápido de la isla. Sin él nunca podría atracar un barco grande, por lo menos mientras durara el mal tiempo. Lo que significaba que estaban aislados de verdad.

—¡Tenemos que intentar atraparlo! —les grité a los demás. El viento soplaba aún más fuerte, y si seguía así pronto habría una buena tormenta. La lluvia azotaba de lado.

—Hay una lancha de goma en el cobertizo —dijo Jon.

—¡Ve a buscarla! —contesté gritando, y volvió uno o dos minutos después arrastrando un gran bote inflable como los de la marina con un diminuto motor externo. Cuando el viento le dio de lleno, estuvo a punto de arrojar a Jon por el acantilado. Lotte corrió a ayudarle, y juntos empezaron a bajarlo. El viento lo empujaba, y estuvo a punto de tirarme de la escalera unas cuantas veces. Cuando llegué a una fina franja playa abajo, lo agarré con dificultad y conseguí ponerlo en el agua en el pequeño refugio de sotavento que proporcionaba el acantilado.

—¿Vienes? —le dije al coronel. Me miró indeciso, pero luego se decidió y empezó a bajar. Jon hizo amago de seguirle.

—¡Será demasiado peso! ¡Espera ahí!

Jon se detuvo en el primer travesaño de la escalera y volvió a subir. Una chispa de alivio se reflejó en su rostro. El coronel se metió en el bote, avanzó y se sentó en la popa. Cogí los remos de debajo del bote; cuando conseguimos alejarnos unos metros de la pared del acantilado arranqué el motor, y luego viramos hacia el mar picado y el embarcadero, que no paraba de alejarse a la deriva sobre las olas.

Cuando estuvimos a una distancia segura de las rocas afiladas y ya no nos oía nadie, ajusté mi posición para impedir con la espalda que nos vieran los demás.

—Tengo que hablar contigo —le dije a voces, apagué el motor y me acerqué.

181

Υ

Una vez dicho lo que tenía que decir, respiré hondo y esperé la reacción del coronel. Tenía la mirada fija en mí. No había rastro de su mirada llorosa, ausente, y vi el respeto que debió de infundir en otra época de su vida. Era de esos hombres que sabía lo que había que hacer.

—¿Estás absolutamente seguro? —preguntó.

—Del todo —dije, con la esperanza de que al decirlo se volviera realidad.

Él apartó la mirada, contempló la playa y dejó escapar una breve carcajada.

—Madre mía —dijo.

Entonces su cuerpo se tambaleó y, con un hábil movimiento, como si lo hubiera hecho muchas veces, volcó el bote y los dos acabamos en el agua helada.

Anna

*U*na vez calmada en el sótano, comprendí que no había sido una genialidad llevarme la pistola. Me arriesgaba a que Henry sospechara, porque era evidente que el arma no había salido sola de la caja, como sin duda vería. Sin embargo, ya no podía aplazar esas preguntas incómodas: ¿por qué tenía Henry una pistola, y por qué tenía un expediente sobre mí? ¿Y por qué no me lo había llevado, ya que me llevaba la pistola?

Me maldije por haber pensado rápido y despacio a la vez. Por lo visto Henry no era un simple candidato al puesto: su presencia en la isla tenía algo que ver conmigo. Sin reflexionar, había dado por hecho que podía confiar en él, que estábamos en el mismo bando. Pero la imagen de la pistola y el expediente personal juntos en el armario, escondidos tras la ropa, fue como encontrar una puerta trasera a su cerebro, y lo que encontré dentro era algo que ni deseaba ni esperaba.

Dejé la pistola en la mesa delante de mí y me puse a inspeccionarla. Nunca había visto ese tipo de arma, pero en realidad no significaba nada porque las únicas que había visto de cerca eran los viejos fusiles Mauser, revólveres y AK-47 soviéticos del ejército en Kyzyl Kum. Esta pistola no se parecía en nada: era mucho más moderna. Era fina y automática, con la balas en el cargador. No tenía ninguno de los detalles rústicos que yo asociaba a las armas civiles de caza. Pensé que parecía mucho más militar. Sabía que Henry había estado en el ejército, me lo había contado él hacía mucho tiempo cuando comentábamos el proyecto que me allanó el camino para el viaje a Kyzyl Kum. Sin embargo, mucha gente tenía ese bagaje y no tenía por qué significar nada. A menos que aún formara parte de él. ¿Un espía? Respiré hondo. Sus reticencias siempre habían tenido algo extraño, que parecía casi patológico. O profesional. Pensé en su habitación ridículamente ordenada, la ropa sencilla, su discreción. El hecho de que no supiera nada de él más que lo poco que me había contado. Hasta ahora. La cabeza me hervía con todas esas ideas. Era imposible saber si estaba siendo paranoica o ingenua, no tenía nada útil para comparar. No había pautas, ni convenciones, sobre cómo reaccionar en aquella situación.

Me senté a mirar con apatía las cámaras, con la pistola delante, intentando pensar qué hacer cuando de pronto apareció todo el grupo en la pantalla corriendo al vestíbulo principal. Aunque de repente me di cuenta de que no era el grupo entero: faltaba el coronel. No hubo tiempo para preguntarse por qué, Henry fue directo a la escalera, hacia su habitación. Subí al espacio de las paredes, ascendí con el máximo sigilo y rapidez que pude los escalones enmoquetados de la escalera de la pared y entré en su habitación justo después de él, pero en la zona de observación. Lo primero que hizo fue quitarse la ropa empapada. Tiraba de ella y se la arrancaba como si no tuviera tiempo suficiente para quitársela. Prenda tras prenda, hasta que estuvo desnudo en la habitación. Costaba asimilar que nos hubiéramos acostado menos de veinticuatro horas antes: su cuerpo me resultaba extraño y familiar al mismo tiempo bajo la gris luz del día. Ahora veía que tenía varias cicatrices en el cuerpo: una larga en el muslo y otras que parecían viejas heridas de bala en el pecho, peligrosamente cerca del corazón. Había notado las cicatrices del pecho el día antes, pero estaba tan absorta en él que no les presté atención. Se dirigió al lavabo. Oí el ruido de la ducha. Empecé a moverme para poder seguirle por la pared. Me quedé un momento indecisa, sin abrir el agujerito. Era raro observar a desconocidos a través de la pared, pero no era nada comparado con la sensación de intentar perseguir a Henry al lavabo sin que lo supiera. No era solo la reticencia lo que me hacía sentir rara. Quería ver a Henry en la ducha, y me avergonzaba. Empecé a buscar la escotilla en la pared con los dedos, pero por mucho que tanteara en la oscuridad no la encontraba. No había agujerito. Al principio me sentí frustrada y casi enfadada, luego me preocupó. ¿Habían puesto a Henry en una habitación donde no se le pudiera observar en el lavabo a propósito? ¿Él lo sabía? ¿Y qué tenía que ver eso con la pistola? Intenté escuchar al otro lado de la pared, pero solo se oía el ruido de la ducha, irregular pero rítmico, que se crea cuando los chorros de agua chocan contra un cuerpo que debajo se mueve despacio.

Al final cerró la ducha y salió del lavabo con una toalla blanca en la cintura. Desde mi posición no veía el guardarropa, pero le oí rebuscar, seguramente ropa. Sin embargo, luego el sonido cambió, como si los movimientos se volvieran más espasmódicos. Retrocedió un paso y miró con los ojos desorbitados la habitación. Solo podía interpretarse como que se había dado cuenta de que faltaba la pistola. Sacó toda la ropa del armario y lo revolvió todo. La imagen era casi cómica. Buscó hasta debajo de la novela de bolsillo de la mesilla por pura desesperación. Al final se rindió. Se sentó en el borde de la cama un momento, mirando al vacío. Estuvo así sentado casi un minuto, y luego por lo visto tomó alguna decisión: cogió ropa interior del montón, se vistió a toda prisa y salió de la habitación. Le seguí, por dentro de la pared.

186 La última vez que se llevaron a Nour fue después de que el abuelo enfermara. Fue unos años después de que volviera a vivir en casa. El proceso de conseguir el permiso para emigrar había sido largo porque Bosnia ya no formaba parte de la Unión, pero al final le dejaron irse. Nunca había sido muy activo en el Partido, y cuando quedó claro que estaba dispuesto a renunciar a su pensión, probablemente vieron que sería más rentable dejarlo ir. No sé si Nour estaba triste por él entonces, porque no decía nada. No fue un problema hasta que enfermó. Nour quería ir a verlo, pero no se lo permitían. «Te necesitamos aquí —decían—. No podemos permitir que tanto conocimiento salga del país.» Les daba miedo que desertara. Fue después de que yo me fuera de casa, así que no lo vi mucho, pero sé que entregó una solicitud tras otra. «Solicitud para cuidar de padre moribundo», figuraba en rabiosas letras rojas en uno de los sobres que envió; lo vi en el pasillo, listo para

enviar. Ya entonces sospeché que las cosas no le iban bien cuando quería un visado de salida, y sabía que ya había habido un cisma entre ella y el Partido, pero no creo que entendiera lo desesperada que estaba.

Un día recibí una extraña llamada de Nour. Me pidió que la recogiera en casa y la llevara al hospital. No era propio de ella, para quien era cuestión de orgullo no estar nunca enferma. Cuando llegué a su edificio, la puerta estaba abierta y el piso olía a cerrado y a humedad. La llamé, pero no hubo respuesta. Los platos del fregadero de la cocina parecían llevar ahí muchos días. En la mesa había una terrina con un poco de mantequilla seca en el fondo. Me dirigí de puntillas a su dormitorio. Nour estaba en la cama, dormida. No la había visto dormida desde que era pequeña. Sus rasgos eran suaves y pacíficos, y la arruga en el entrecejo tenue. Por lo demás, tenía un aspecto horrible, con el rostro pálido, casi cetrino, y la piel de los brazos parecía irle varias tallas grande. Debía de llevar mucho tiempo enferma. Había un olor dulzón en el cuarto a cuerpo sin lavar, y en el suelo, junto a la cama, había vasos, tazas, platos y toneladas de botes vacíos de analgésicos. Me senté en el borde de la cama y le toqué el brazo con una mano. No sabía si despertarla, pero al cabo de un rato notó mi presencia, giró la cabeza amodorrada y me miró.

—¿Anna? —Al principio se sorprendió.

—¿Cuánto hace que estás enferma?

Nour me miró como si no entendiera lo que le decía.

—¿Cuánto hace que estás enferma? —volví a preguntarle.

Se aclaró la garganta un poco. Le di un vaso de agua, el que me pareció más reciente. Lo aceptó y levantó la cabeza para beber, luego se desplomó de nuevo y me miró.

187

—Anna, tienes que ayudarme a ir al hospital. Necesito que me inspeccionen.

—Examinen —le corregí—. Necesitas una revisión. Estás enferma.

Ella lo negó con la cabeza, molesta.

—No, no, tienen que evaluar. Voy a pedir la jubilación por discapacidad.

Parecía decidida. Había vuelto la arruga del entrecejo. Yo no entendía nada.

—Nour, solo estás enferma, ¿por qué iban a darte la discapacidad?

—Tienen que hacerlo —afirmó, apretando los labios como una niña obstinada—. Tienen que hacerlo ahora.

De pronto lo entendí, y me estremecí.

—No. —Fue lo único que le dije.

—Sí —repuso ella, mirándome con resolución.

188 Estuvimos allí sentadas un buen rato, con la mirada clavada la una en la otra. Ya había oído hablar de ellos, que la gente llegaba al extremo de hacerse pasar por inútiles ante el Partido para conseguir un permiso de salida. Pero pensaba que eran leyendas urbanas.

—Siéntate para que te vea —dije.

—No es necesario —contestó Nour—. Pueden hacerlo en el hospital.

—Quiero hacerlo. Por favor, siéntate.

A regañadientes, y con mucho esfuerzo, Nour se sentó en la cama. Le levanté el camisón. Tenía una compresa manchada enganchada en la zona lumbar. Desprendía un olor amargo. Retiré la cinta adhesiva con cuidado y ella lloriqueó un poco cuando la superficie pegajosa se separó de la piel. Donde estaba la cinta quedó un pequeño contorno gris. La herida de la que habían quitado demasiado líquido cefalorraquídeo estaba en el centro de la columna, entre dos vértebras, y supuraba pus.

—Quédate ahí, voy a lavártelo.

Nour no protestó, respiraba con dificultad, así que entré en el lavabo, humedecí un poco de papel higiénico con agua tibia, hurgué en el botiquín hasta que encontré algo que hiciera las veces de compresa y volví al dormitorio. Estaba como la había dejado. Le colgaba el pelo negro sobre la cara, no le veía la expresión.

—Me cuesta caminar —dijo de pronto—. Tienes que sujetarme.

—¿Cómo te encuentras por lo demás? ¿Te duele algo?

—La cabeza —dijo Nour—. Pero eso es de esperar.

—¿No podías haberte dejado caer un hierro sobre un pie? —le dije, mientras le acariciaba el pelo con suavidad. Nour lo negó con la cabeza.

—No seas boba. Los huesos rotos se curan. Tiene que ser permanente.

Le lavé la herida con cuidado. Su aspecto era horrible. Pensé en preguntarle quién se lo había hecho, pero sabía que no podía decírmelo y que probablemente era mejor así. Esa persona podía meterse en líos, y yo también si lo sabía.

—Eres idiota —le dije con ternura.

Lo era, por supuesto. Pero aun así…

—Es mi padre —dijo en voz baja—. No puedo dejar que muera solo.

Le puse una compresa nueva y le acaricié la espalda. Luego recoloqué las almohadas para que la más blanda le quedara justo debajo de la columna.

—Puedes volver a tumbarte —dije.

Ella lo hizo con un suspiro. Me miró con una expresión grave.

—Habría hecho lo mismo por ti, quiero que lo sepas. Y tú también lo harías por mí. Es lo único decente que se puede hacer.

—Lo sé —dije.

No dije nada más, me quedé ahí sentada un rato, en el borde de la cama.

En el hospital se produjo toda una escena. El primer médico que la examinó llamó a un segundo. Luego llegó la policía de seguridad. Me llevaron a otra habitación, una sin ventanas, donde finalmente una persona de uniforme de rango poco claro me interrogó durante horas. ¿Estaba al corriente de lo que pretendía? ¿Sabía quién había llevado a cabo el procedimiento? ¿Sabía por qué lo había hecho? No tenía sentido negarse a contestar esta última pregunta porque sabía por sus preguntas que ya lo habían averiguado, así que se lo conté tal cual: pensaba que estaba relacionado con el hecho de que el abuelo estaba enfermo en Bosnia, y quería que la declararan discapacitada para poder viajar y cuidar de él. Me hostigaron con las mismas preguntas y respuestas una y otra vez, con pocas o ninguna variación. Al final me vi en la puerta del hospital, bajo el aguanieve, y me dejaron volver a casa sin poder volver a ver a Nour.

Más tarde supe que la habían trasladado al hospital de la cárcel, y que estuvo ahí seis semanas. Le dijeron (tampoco lo supe hasta mucho más tarde) que yo había renunciado a ella. Pasadas seis semanas, cuando llamé a la cárcel, de pronto me informaron de que estaba de nuevo en casa. Y era cierto. Con su pensión de discapacidad y con muletas. Para entonces el abuelo ya había muerto, y Nour sería una disidente para siempre, una disidente que necesitaría una muleta adonde fuera. Nunca volvimos a hablar de ello, pero yo lo pienso a menudo. Lo que haces por los tuyos.

En Kyzyl Kum vi a muchos mutilados. Las madres mutilaban a sus hijos para quedárselos en casa, y los hombres se disparaban en las piernas o los pies para evitar participar en la guerra. Vi tantos cadáveres que casi, pero solo casi, se volvieron algo cotidiano. Algunos eran desconocidos, otros dolorosamente cercanos. Algunos estaban tan lisiados que casi sentía alivio por que no tuvieran que vivir en semejante estado, mientras que otros parecían dormidos. Algunos eran viejos, otros demasiado jóvenes. Pero jamás se me ocurrió que habría momentos en los que sería una imagen agradable tener un cadáver delante, que estar segura sería preferible a esta situación: tener a dos personas desaparecidas en una isla en medio de la nada, sin cuerpos. Por lo menos, así entendí que era la situación cuando escuché a Franziska, Jon, Lotte y Henry sentados en la cocina intentando atar cabos de lo que acababa de ocurrir. El coronel había desaparecido en el agua cuando el bote volcó, y ahora la tormenta era demasiado intensa para buscarlo. Por no hablar de que ya no tenían el bote. Ahora sí estábamos aislados. Jon no parecía satisfecho con las respuestas que le daba Henry.

—Pero ¿qué dijo mientras estabais ahí?

—Estábamos hablando de qué podría haber ocurrido con el embarcadero, cómo podían haberse soltado los amarres.

—¿Y a qué conclusión has llegado?

—Bueno, no había manera de saberlo hasta que fuimos a examinarlo, pero supongo que había... ciertas sospechas de que alguien lo había soltado.

—¿Por qué lo habrían hecho?

Henry dejó de mirar el punto invisible que parecía estudiar hasta el momento y se volvió hacia Jon.

—Para aislarnos, por supuesto. Ahora no podemos salir de aquí. Ya no se puede llegar en barco, por lo menos hasta que el viento amaine.

—Pero...

191

Henry continuó, sin mostrar compasión.

—En cuyo caso, alguien en esta isla quiere hacernos daño al resto. Pero aún no hay manera de saberlo con certeza, igual que no sabemos si el embarcadero se desprendió o si en realidad fue el coronel quien asesinó a Anna, hizo desaparecer a Katia y luego saboteó el embarcadero. Porque ahora tampoco está, igual que el bote, y la radio de comunicación del sótano no funciona…

Jon le interrumpió.

—¿Y de quién es la culpa de que el bote y el coronel hayan desaparecido? ¿Vas a quedarte ahí dándole a la lengua cuando es tu culpa que…?

—Si tienes alguna propuesta para solucionar esto, soy todo oídos —repuso Henry con frialdad.

Nadie dijo nada. En la habitación reinaba una quietud insólita. Fue Franziska quien rompió el silencio. Por primera vez no sonó ni ofendida ni halagadora, solo exhausta.

—Estamos todos cansados. E impactados, supongo. Por lo menos yo. Propongo que intentemos comer algo y descansemos un poco, y luego intentemos serenarnos y decidir qué hacer.

Era una sugerencia sensata, y mientras la pronunciaba me di cuenta de que yo tampoco había comido en horas. Notaba las piernas pesadas e hinchadas, y me sentía débil y hambrienta. Mientras los demás se organizaban (Franziska y Jon decidieron ir a la cocina a sacar la comida; Henry y Lotte se quedaron en el salón para encender la chimenea y poner la mesa), yo bajé a mi sótano y me dirigí a la nevera. Me hice un bocadillo monstruoso con todo lo que encontré como relleno, y después me lo comí en treinta segundos, bajo la luz amarillenta de la lámpara y con los ojos en las pantallas granulosas. Franziska y Jon volvieron a reunirse con Lotte y Henry en el salón.

La escena era casi entrañable al verlos sentados frente a la chimenea en sus butacas, comiendo bocadillos y sirviéndose té de un bello samovar. Después se quedaron ahí un rato. Supuse que todos estaban agotados. De vez en cuando subía al pasadizo y escuchaba por si se comentaba algo interesante, pero casi no hablaban. Nadie propuso salir y reanudar la búsqueda. La mayoría parecían decididos a esperar a que todo se resolviera. Todos salvo Franziska habían escogido un libro de la gran librería y parecían absortos en la lectura, mientras Franziska se sentaba en el sofá junto a Jon a contemplar con apatía el fuego, o caminaba inquieta por el salón y miraba el mar por la ventana, mientras el sol se ponía. En un momento dado, Henry y Jon bajaron al puesto médico a probar la radio de comunicación. Para entonces el viento soplaba con todas sus fuerzas, y azotaba y arañaba la casa hasta que las ventanas vibraban.

193

Apenas eran las nueve de la noche cuando Franziska y Jon dijeron que se iban a acostar y se fueron. Poco después, Lotte y Henry también subieron a sus respectivas habitaciones. Cuando comprobé qué hacían todos poco después, parecían estar acostados. Jon estaba en el sofá de la habitación de Franziska, y los demás en sus camas. Decidí dormir también un poco, así que subí al catre y me puse la alarma para despertarme unas horas después, con el fin de subir y vigilarlos a todos. Apenas me dio tiempo a apoyar la cabeza en la almohada dura y plana, estirar la manta gris del ejército encima y pensar que era una lástima que todo lo militar tuviera que ser tan incómodo antes de quedarme dormida, en un pozo de oscuridad.

Estaba de nuevo en Kyzyl Kum. Aunque estaba oscuro alrededor, supe dónde me hallaba en el acto. El aire cortante y frío de la noche, el fuerte olor a carbón ardiendo en una estufa, el sonido del viento contra las tiendas. Flap, flap, flap. Era de noche. Yo llevaba mis mitones de dormir y el sombrero porque la estufa no era de fiar y nunca sabías si te ibas a despertar tiritando de frío. Pero no estaba despierta por eso. Alguien se movía por la tienda hospital. No eran los habituales movimientos de gente que se daba la vuelta y se movía por el frío o el dolor en sus catres, dormidos. Este era un movimiento distinto. Me di la vuelta despacio, intenté ver entre las finas cortinas que separaban mi rincón de dormir del resto de la sala y vi el contorno de un cuerpo que se movía rápido, como si quisiera pasar desapercibido. Tanteé con cuidado debajo del lado derecho de mi colchón y encontré la pistola. Incluso en sueños, sabía que era potencialmente letal dormir con un arma vieja e inestable debajo del colchón. Cualquier día los movimientos de mi cuerpo podían desactivar el seguro y me dispararía accidentalmente a mí o a otra persona solo por dormir inquieta. Sin embargo, seguía guardándola ahí. Me hacía sentir que tenía el control, y cuando la agarré debajo del fino colchón me deslicé muy despacio de la cama hasta el suelo. La sombra se movió de nuevo, ahora en una parte completamente distinta de la sala, que estaba llena de finas cortinas. Avancé hacia la sombra despacio, agachada. Las cortinas se multiplicaban cuanto más me movía. Unas veces la sombra estaba ahí, otras allá, como un fantasma por el rabillo del ojo. La habitación parecía enorme, infinita, y sentí que el pánico se apoderaba de mi pecho cuando intenté retirar toda la tela, pero estaba por todas partes, bloqueándome el camino por delante y por detrás. Perdí el sentido de la orientación. De pronto noté un movimiento justo a mi lado. Me di la vuelta. La cortina de

194

detrás colgaba en el aire, a unos metros. Vi unas botas grandes saliendo por debajo, absolutamente quietas. Levanté el arma. Apunté. Estiré el brazo despacio para retirar la cortina. Entonces, de pronto, alguien la retiró desde el otro lado. Ante mí apareció el cuerpo escuálido de un niño con unas botas gigantes. Llevaba escasa ropa y harapienta, aunque estábamos en pleno invierno. Los copos de nieve se arremolinaban alrededor de él. Su cabeza era una gran manzana roja. Disparé el arma y la manzana explotó.

Me incorporé con tal brusquedad que me di con la cabeza en la litera de arriba. Algo iba mal. Tenía el cuerpo mojado y pegajoso, las sábanas desprendían un olor amargo, como si alguien me hubiera tirado un cubo de agua encima mientras dormía. Seguramente había apagado la alarma sin darme cuenta, era más tarde de lo que esperaba. Salí de la cama y me acerqué a los monitores dando tumbos. A través de las pantallas verdes y granulosas vi a Jon moverse nervioso entre las diversas cámaras de vigilancia. Parecía que corriera por el pasillo, dando portazos y golpes mientras gritaba algo. De pronto bajó la escalera y yo fui corriendo a la pared, con escalofríos de mi propio sudor frío, para intentar averiguar qué ocurría. Cuando entró corriendo en la cocina e intenté seguirle, oí a quién buscaba y qué gritaba. Era el nombre de Franziska.

Al cabo de unos minutos, los tres que quedaban estaban sentados en la cocina. Henry hizo café, una vez más, mientras Lotte intentaba calmar a Jon, que estaba a punto de perder los nervios. Estaba sentado con la ca-

195

beza colgando entre las piernas como si intentara superar un fuerte mareo, o salía corriendo a mirar por la ventana, o caminaba por la estancia, tenía un ataque y se volvía a sentar. Permaneció así un rato. Lotte, con su bata de toalla, lo miraba preocupada mientras él caminaba, y le acariciaba la espalda cuando se sentaba. De vez en cuando intercambiaba miradas de preocupación con Henry, que había envejecido desde que habían puesto un pie en la isla hacía día y medio. Vi que Lotte observaba a Henry por lo menos con la misma preocupación incluso cuando estaba de espaldas a ella. Supuse que había llegado a la conclusión de que si no había un misterioso desconocido escondido en la isla, algo cada vez más improbable, Henry era el máximo sospechoso. Estaba siguiendo sus movimientos cuando de pronto miró justo al punto de la pared donde yo me escondía, fijamente. Me llevé un buen susto y enseguida me retiré de los agujeritos. Pensé de nuevo que la persona, quienquiera que fuera, que me había golpeado cuando encontré a Katia debía de haber deducido que seguía con vida. Tal vez esa persona era Henry. Por otra parte, Lotte había traído consigo un teléfono por satélite a la isla. Desde todos los ángulos había sombras. Henry se acercó a la mesa con las tazas de café, las repartió y se sentó. Los dos alzaron la vista cuando dijo:

—Creo que es el momento de hablar con sinceridad.

Henry

—Aquí está pasando algo. Algo que no entendemos.

Me había repetido esa frase en la cabeza varias veces
para asegurarme de que tendría el efecto que pretendía.
Lotte y Jon seguían mirándome, y al ver que no decían
nada continué:

—Está claro que alguien o algo está haciendo que la
gente desaparezca. Empezamos siendo siete. Ahora somos tres. Una está en un congelador una planta más
abajo, y otro en el fondo del mar. Dos simplemente han
desaparecido. ¿Hay algo que podáis contarme que pueda
ayudarnos a entender lo ocurrido?

Nadie hablaba. Lotte se revolvió un poco, pero no
empezó a hablar como esperaba. Así que continué:

—Entonces empezaré yo. Vine aquí con una misión
especial. —Lotte soltó un grito ahogado—. ¿Quieres
decir algo antes de que siga?

Ella lo negó en silencio, pero no paraba de mirar a
todas partes: no quería mirarme a los ojos. En cambio
se llevó la mano izquierda a la boca y empezó a mor-

derse las uñas con una expresión ausente en el rostro. Volví a hablar antes de que pudiera ordenar demasiado sus pensamientos.

—Vine a vigilar a Anna Francis. —Lotte abrió los ojos de par en par, pero seguía sin decir nada.

—Pues no te ha salido muy bien, ¿no? —Jon sonaba exhausto y enfadado—. ¿Cuál era el plan de vigilarla? ¿Emborracharos, tirártela y dormirte?

Me miró insinuando que toda la situación era culpa mía.

—No, no ha salido muy bien. No me di cuenta de que podíamos enfrentarnos a situaciones de vida o muerte. Entendí que debía observarla.

—¿Y por qué debía estar Anna Francis bajo observación? —continuó Jon.

Miré a Lotte. Seguía mordiéndose las uñas y mirando por la ventana oscura. Intenté sonar como si hablara de corazón, pero en realidad escogía las palabras con cuidado. No quería decir ni mucho ni poco.

—Según entendí yo, era una de las candidatas más interesantes, pero no estaban seguros de cómo aguantaría la presión, así que querían observarla para ver si se desmoronaba.

Lotte parecía indecisa.

—No lo entiendo. ¿Por qué iban a traer a alguien aquí si corría el riesgo de desmoronarse?

—No sé mucho más que eso. Por lo visto hay varias cosas de su pasado que no están claras, pero por lo que yo sé querían ponerla a prueba, con la esperanza de que se manejara bien. Supongo que era demasiado buena para dejarla escapar.

Vi que Jon intentaba comprender lo que acababa de decir.

—Entonces, Henry... —dijo, despacio—, ¿en qué te

convierte eso? ¿Eres candidato al puesto? ¿O solo eres la policía secreta?

—No estoy seguro de si tengo derecho a decírtelo. —Continué antes de que pudiera añadir nada—. Os lo cuento porque tenéis que saber que traje una pistola a la isla por esta misión. Es un arma de servicio, tengo permiso para tenerla por mi rango militar y ubicación. Y ahora esa pistola ha desaparecido.

—¿Qué diablos estás diciendo? —dijo Jon.

—Mi arma de servicio ha desaparecido. Y quiero saber si alguno de los dos la ha cogido. Así que ahora tengo que haceros una pregunta, y espero de verdad que contestéis con sinceridad. Antes de responder, quiero que recordéis que hay una pistola cargada en la isla y ya hay cuatro personas muertas o desaparecidas. No hace falta que os recuerde la gravedad de la situación. —Paseé la mirada entre los dos e intenté establecer contacto visual con cada uno—. ¿Alguno de los dos ha cogido la pistola?

Jon clavó una mirada vacía en mí y lo negó con un movimiento lento de la cabeza. Intenté hacer que Lotte me mirara a los ojos, y al final no pudo evitar mirarme y hablar.

—No, yo no tengo tu pistola. Pero yo tampoco he sido del todo sincera. Estoy aquí como candidata, pero también tengo otra misión. Debía observaros al resto y luego informar al secretario y contarle cómo iban las cosas.

Me aferré enseguida a esa pista.

—¿Cómo se suponía que ibas a hacerlo?

Lotte se revolvió.

—No quiero decirlo.

—¿Entonces no trajiste un teléfono por satélite? —dije yo.

Ella retrocedió.

—¿Cómo lo sabías?

—No hace falta que te hagas la suspicaz. Anna Francis y yo te vimos con el teléfono detrás de la casa la primera noche. Tampoco fuiste muy discreta.

Lotte estaba afligida.

—¿Qué es todo esto? —exclamó Jon, que ya había oído suficiente—. ¿Has tenido un teléfono todo el tiempo? ¡Por el amor de Dios, sácalo y pide ayuda! ¿A qué esperas?

Lotte parecía aún más apenada.

—Ya no lo tengo.

—¿Qué? ¿Pero dónde mierda está, entonces?

—Me lo robaron. Desapareció el primer día.

Jon se levantó de la silla y se puso a caminar. De pronto se detuvo y nos lanzó una mirada de odio.

200

—Pero ¿qué os pasa a todos? Tú tienes un teléfono, tú un arma, no decís nada y ahora resulta que habéis perdido todos los objetos útiles. ¡Estamos en una puta isla! ¡No hay sitio para perder nada!

Nadie dijo una palabra. Su enfado le arrebató las últimas fuerzas, se sentó de nuevo y miró con desánimo a Lotte.

—Un teléfono. ¿Por qué no dijiste nada?

—¿Tal vez porque recibí órdenes estrictas desde el inicio de no revelar que tenía un teléfono?

Lotte parecía a punto de romper a llorar, como lloraría uno al finalizar una discusión larga y tóxica.

—¿Qué se supone que debías vigilar para luego informar de ello? —pregunté.

Se volvió hacia mí y agudizó la mirada.

—Qué gracia que lo preguntes precisamente tú.

—¿Por qué?

—Debía vigilarte a ti.

La situación se me iba de las manos como una pastilla de jabón en una bañera.

—¿A mí?

—Sí.

En un intento de ganar tiempo y recuperar el control, me levanté rápido y me acerqué a la cafetera. De espaldas a los demás, cogí el termo y me llené la taza mientras intentaba pensar rápido.

—¿Por qué? —dije, aún de espaldas a los demás.

Había un punto de alegría por el mal ajeno en mi voz.

—Según me informaron, tú eras el comodín, el candidato arriesgado.

Me tapé los ojos con la mano. Era demasiado, más de lo que esperaba. Maldije al secretario y todo ese misterio. Habría sido de gran ayuda saber todo eso.

Lotte continuó, empezaba a sonar histérica.

—Y ahora me cuentas que has prestado una especie de misterioso servicio en el ejército y trajiste una pistola a la isla, así que dime, ¿por qué no iba a pensar que tú eres el asesino?

Para entonces ya había perdido el control de la situación, y necesitaba recuperarlo de alguna manera. Di un paso hacia ella, pero Lotte retrocedió. Su voz se agudizó hasta el falsete.

—¡No te acerques más! ¡Fuiste tú! ¡Dios mío, fuiste tú! ¿Cómo he podido ser tan tonta? ¿Cómo pude no verlo? ¡Tú estabas con Anna, tú estabas en el bote con el coronel, fuiste tú, tú, tú, maldito asesino, maldito asesino!

Avancé un paso rápido y le di una bofetada. En el silencio denso por la impresión que se produjo después del golpe, le sujeté el rostro entre las manos y dije, en el tono más calmado que pude:

—No soy un asesino.

201

Ella me miró. Tenía los ojos desorbitados y presas del pánico, casi se le salían de la cabeza. La miré a los ojos y repetí, con suavidad y calma:

—No soy un asesino, tienes que creerme.

De pronto se le relajó el cuerpo. Bajó la mirada.

—Lo siento —susurró—. Lo siento, estoy muy asustada.

Seguí sujetándola, ahora con más suavidad. Era como si aguantara todo su cuerpo sujetándole la cabeza con las manos.

—Tienes todo el derecho del mundo a estar asustada. Es una situación tensa, no hay manera de reaccionar con normalidad. Pero si tenemos que salir de aquí con vida, tenemos que colaborar y mantenernos unidos. Debemos aguantar hasta que llegue el bote mañana por la tarde, porque ahora mismo es nuestra única esperanza.

—Si llega.

Era Jon. Se le quebró la voz.

—¿Quién sabe qué está pasando aquí en realidad? A lo mejor solo nos han reunido para deshacerse de nosotros. ¿Quién sabe qué dirá la prensa en unos días? ¿Accidente de avión? ¿Accidente de barco? ¿Se os ha ocurrido? ¿Y si solo quieren que desaparezcamos? A lo mejor ni siquiera hay proyecto.

Sentí que la histeria se apoderaba de la habitación de nuevo. A Lotte empezó a temblarle todo el cuerpo. Intenté recuperar el control antes de que fuera demasiado tarde.

—Pase lo que pase, ahora mismo no podemos hacer nada. Es noche cerrada, aún está oscuro, y no podríamos descubrir más aunque lo intentáramos. Propongo que volvamos a la cama un rato más, todos. Cada uno en su habitación con la puerta cerrada, o podemos dormir todos en la misma habitación. En cuando se haga de día volveremos a inspeccionar la isla, en busca de Franziska y los demás. Ahora mismo estamos demasiado cansados y asustados. Necesitamos dormir y tener luz del día para continuar.

Los miré a uno y a otro. Dos pares de ojos agotados inyectados en sangre me miraron. Jon asintió. Lotte seguía a mi lado, noté su brazo contra el mío cuando se apoyó en mí. Por lo menos la había calmado lo suficiente para que no siguiera pensando que iba a matarla.

—¿Puedo dormir en tu habitación? —me preguntó en voz baja.

—Por supuesto. ¿Y tú? —Me volví hacia Jon—. Hay mucho espacio en el suelo.

Él negó con la cabeza.

—Yo estaré en mi cuarto.

—Cierra la puerta.

—No hace falta que me lo digas.

Se levantó de la silla y salió con brusquedad de la cocina con pasos pesados. Lotte y yo lo seguimos arriba.

Anna

$\mathcal{M}$ientras ellos subían la escalera, me quedé en la pared de la cocina intentando controlar la respiración y las ideas. ¿Debería seguirles? ¿O debería bajar a mi sótano para intentar ordenar lo que acababa de oír? No acababa de asimilarlo. Me sentía como en un baile de máscaras donde de pronto todos los invitados se habían descubierto para revelar otras máscaras nuevas y grotescas debajo. ¿Lotte estaba siguiendo a Henry? ¿Henry me seguía a mí? ¿O era lo que decía Jon, y alguien quería deshacerse de todos nosotros? En ese caso, ¿por qué? Era absurdo, pero también lo era cualquier explicación de momento. Las teorías se formaban y estallaban rápido, como pompas de jabón. Cada vez me costaba más respirar, sentía que estaba a punto de desmayarme. De pronto las paredes estaban demasiado cerca, como si poco a poco se unieran hasta presionarme el pecho. Esa sensación conocida de ahogarse desde dentro, en tu propio cuerpo.

Me di cuenta de que tenía que salir de allí antes de que el ataque de pánico llegara al punto álgido, así que me moví por la pared dando pasitos hasta bajar al sótano, donde me lancé al pasillo y terminé a gatas, jadeando para respirar. La cabeza me daba vueltas y notaba la garganta seca, pero cuanto más intentaba tomar aire, más vueltas me daba la cabeza. Los labios se me empezaron a dormir y tenía las manos dormidas. Sabía lo que estaba pasando, pero ya no podía contenerlo.

Me tumbé en el suelo en posición fetal e intenté seguir las líneas del zócalo alargado con los ojos, como me habían enseñado. «Respira en rectángulos», decía el libro de autoayuda que alguien me prestó cuando los ataques de pánico empeoraron en Kyzyl Kum. A veces ayudaba, pero esta vez era demasiado tarde para trucos. Tumbarme de lado me hacía sentir náuseas. Intenté tumbarme boca abajo, pero fue aún peor. Era como si todas las partes de mi cuerpo, todos los órganos, cada célula, necesitaran vomitar. Intenté sentarme, pero la cabeza me daba vueltas demasiado rápido y terminé tumbada boca arriba con las piernas encogidas mientras me frotaba la cara con las manos, como si intentara asegurarme de que no iba a desaparecer.

La luz amarillenta de la caverna del sótano hacía que el cuarto pareciera más pequeño y muy cerrado, e intenté en vano no pensar en que me estaba quedando sin oxígeno. Es la peor parte de lo que pasa durante un ataque de pánico: que en cuanto tienes una idea es como si se hiciera realidad, por inconcebible y poco realista que sea. El corazón me latía a toda prisa. El techo se iba hundiendo cada vez más, me costaba más respirar y empecé a ver puntos negros. Me acurruqué en posición fetal de nuevo e intenté centrarme en el reloj de pared; los minutos pasaron: diez minutos, quince minutos, treinta minutos. El pánico iba y venía en oleadas, pero no remitía.

205

Entonces pensé en el frasco de pastillas que había cogido del puesto médico. ¿O la idea siempre había estado ahí? ¿Solo estaba esperando al momento adecuado para abrir el frasco? La excusa perfecta.

Cuando regresé de Kyzyl Kum, era adicta al FLL. Por lo menos eso dijeron los médicos. Yo no estaba tan segura. En realidad fue uno de los médicos de campo quien me dio FLL la primera vez, cuando me quejé de tener dificultades para concentrarme. Cuanto más caótica era la situación en Kyzyl Kum, más me costaba hacer las cosas de una en una. Los dolores de cabeza por las explosiones duraban semanas. Era como si siempre hubiera ese sonido en mi cabeza, cada vez más fuerte. El médico que me dio el FLL me explicó que era un medicamento experimental para personas con diagnósticos que implicaban problemas graves de concentración. También me explicó que estaba poco probado, y pese a que la mayoría de los que lo habían hecho afirmaban que la experiencia había sido positiva, no se sabía mucho de los efectos a largo plazo. Sin embargo, lo malo del FLL no era que no contara con pruebas clínicas suficientes para usarse en un sistema de salud como es debido, lo espeluznante era que funcionara tan bien. En vez de dar vueltas en la cabeza como un gran lío, de pronto toda mi existencia se dividía en varios cajones, todos perfectamente organizados y clasificados. De pronto podía trabajar muy concentrada hasta que realmente terminaba con algo, aunque todo alrededor fuera un caos.

Al principio solo tomaba las pastillas cuando el estrés era extraordinario. No era nada destacable. Otra gente bebía, yo no. Aunque me había automedicado con alcohol en otros momentos de mi vida, no me atreví a hacerlo entonces porque me ponía muy torpe y la resaca era terrible, y sentía una ansiedad excesiva. Además, empeoraba los dolores de cabeza. El FLL no tenía esos efectos. De hecho, disfrutaba de esa membrana que se interponía entre la realidad y yo. Hacía las cosas manejables y las mantenía a una distancia cómoda; me hacía sentir más tranquila y centrada, en vez de preocupada por ideas inquietantes que no paraban de dar vueltas. En ese momento parecía absurdo, casi irresponsable, no tomar las pastillas más a menudo, porque me ayudaban a funcionar mejor. Otras personas necesitaban que yo funcionara. Empecé a tomarlas casi a diario. Y aun así nunca lo sentí como un hábito. No tenía problemas para abstenerme un día tranquilo.

En ese momento quedó claro que había inconvenientes. No podía dormir. En vez de relajarme, me quedaba desvelada, mirando el techo e intentando clasificar mi vida en miles de diminutas cajitas interiores. Cada vez estaba más cansada, y empecé a tomar somníferos para relajarme. En algún momento todo empezó a salirse de madre. Las ideas eran cada vez más confusas, y empezaron a temblarme las manos. Así que tomaba más pastillas para parar los temblores. Al mismo tiempo, la situación en la región empeoró y se volvió más peligrosa, dentro y fuera del campamento. Tenía conflictos constantes con la parte militar del proyecto, gente que en realidad solo quería destrozar la región con bombas. La gente empezó a evitarme. Empecé a cometer errores. Al principio perdonables, luego imperdonables.

Cuando finalmente me enviaron a casa y me ingresaron en el hospital, dijeron que era por adicción y rehabilitación. Me rendí al tratamiento, pero nunca creí de verdad que el FLL fuera el problema. Para mí no era tan difícil dejar de tomar las pastillas, sobre todo cuando amenazaron con quitarme a Siri de forma permanente si no pasaba por «Los doce pasos de los camaradas para estar sobrio». El centro de rehabilitación al que finalmente me trasladaron era tal vez el lugar más deprimente que había visto jamás, incluido el campo de refugiados de Kyzyl Kum. Hacíamos sesiones de terapia en grupo en las que mineros de Kiruna con rojas narices de vino de Oporto hablaban a gritos de que se habían cargado el Volvo familiar por la bebida, y jóvenes miembros del Partido sollozaban por haber perdido buenos trabajos por la cocaína importada.

Mentí en esas reuniones. Mentí como no había mentido nunca. Interpreté el mejor papel de mi vida, lloré y temblé, negué mis problemas y tuve revelaciones, y recibí ovaciones de pie en agradecimiento a mis esfuerzos. Nadie se dio cuenta. O todos se dieron cuenta, pero a nadie le interesaba en realidad. No me importaba: pasé el tratamiento a base de mentiras y salí del centro de rehabilitación, de regreso a mi piso y mi antiguo trabajo. Salí del centro en octubre, un día en que la luz del día ni siquiera lo intentó. Me planté en el círculo y todo el mundo me dijo sus últimas palabras. Nos abrazamos e intercambiamos la obligatoria información de contacto. Cuando llegué a mi piso, tiré a la basura todos esos trozos de papel y saqué de inmediato la bolsa al tubo de la basura, donde desapareció con ese sonido de succión como si acabaras de abrir una puerta directa al espacio.

Luego regresé a mi vida diaria, esa época extremadamente monótona. Volví a mi trabajo, pero pronto pedí que me encomendaran tareas menos exigentes, excusándome en mi estado de salud. Podría decirse que básicamente clasificaba clips de papel. Día sí, día no. Mis compañeros procuraban fingir que todo era normal, pero yo veía que me observaban y me evitaban, igual que das un gran rodeo cuando hay un accidente de tráfico pero al mismo tiempo no puedes evitar mirar. A veces, cuando la prensa quería hacerme una entrevista o me llamaban de programas de televisión para invitarme a comentar la situación en Kyzyl Kum, les colgaba. Otras veces escribía mensajes de correo electrónico y fingía ser mi secretaria, informándoles de que necesitaba paz y tranquilidad por motivos poco claros. A veces escribía que, por desgracia, estaba fuera de la ciudad. No me importaba si sabían que mentía. Me iba directa a casa después de trabajar y pasaba las noches sola en mi piso. A veces pensaba en Henry. Era invierno, y era de noche todo el día.

Los fines de semana y los miércoles por la noche iba a visitar a Siri y Nour. Siempre intentaba encontrar una excusa para cancelarlo, aunque echaba de menos a Siri. Siempre iba. Nunca tuvimos la conversación sobre cuándo volvería Siri a casa. A veces sorprendía a Nour estudiándome cuando creía que no la veía. También noté que era reticente a dejarme a solas con Siri mucho tiempo. Por lo visto a ella no la engañaba.

Me arrastré hasta la ropa, saqué el frasco de píldoras del bolsillo y me puse un montón en la palma de la mano. Me resultaba muy familiar, como algo que debería haber estado ahí hace mucho tiempo, que siempre debería haber estado. Azul claro y redondas contra mi piel. Me habían costado mucho, los médicos y terapeutas del centro de rehabilitación seguro que habrían dicho que habían estado a punto de arruinarme la vida. Dejé a un lado esas ideas y me metí las pastillas en la boca. Tragué con fuerza y esperé a que el pánico remi-

209

tiera, como solía pasar. Esa liberación, como una marea que se aleja, una tormenta que huye. Volví a tumbarme de lado, a la espera, respirando. Luego, poco a poco, fui notando que el pánico remitía, pero aun así no fue como imaginaba. Me sentía rara, mareada, como si fuera un globo. No me orientaba en el cuarto. Se me ocurrió que probablemente ya no tenía la misma tolerancia que antes, cuando las tomaba todos los días, a veces varias al día. Acababa de tragarme un puñado de pastillas, y no sabía cómo me iban a afectar. En todo caso, estaba mejor. Todo era mejor que un minuto antes.

Me tumbé boca arriba y dejé que mi cabeza vagara como quisiera. Mi respiración fue volviendo a la normalidad. Los ojos recorrían el techo. Entonces lo vi, en un rincón: un ojo negro, pequeño pero inconfundible. Una cámara. Me levanté, mareada y me acerqué a ella. Estaba demasiado alta, no llegaba, así que arrastré una silla como pude y me subí, con las piernas temblorosas. Sí parecía el ojo de una cámara. Moví la mano delante, como hacen los niños cuando ven una cámara de seguridad de una tienda. Era imposible saber si estaba encendida.

Volví a bajar de la silla y miré alrededor del cuarto. Al otro lado había un taburete metálico de tres patas. Lo cogí, volví a subirme a la silla y golpeé la pared con el taburete con todas mis fuerzas, justo al lado de la cámara. Dejé una pequeña marca, pero nada más. Le di la vuelta al taburete e intenté usar las patas. Funcionó mejor. La pared crujió, y tras varios golpes más conseguí hacer un agujero. Metí la mano y pude sacar un poco la cámara. Estaba sujeta a la pared con cables. Una diminuta luz azul brillaba en la parte que quedaba oculta tras la pared. Parecía encendida. Aun en mi estado, sabía lo que significaba: alguien me estaba observando.

De pronto me harté. Fue una decisión muy rápida. Agarré la cámara, tiré de ella con todas mis fuerzas y se soltó de la pared. La siguió una maraña de cables, como entrañas de un órgano más grande. La luz azul se fue apagando poco a poco. Dejé la cámara en el suelo, agarré el taburete metálico y di un golpe. En el primer intento el taburete acabó en el suelo a unos centímetros de la cámara. En el segundo acerté. Salió volando una pieza de plástico negra. La lente fue la siguiente pieza en caer y unos cuantos añicos de cristal acabaron en el suelo. Pensé que si alguien me estaba observando en ese momento sabría que había encontrado la cámara, pero no importaba, porque yo ya había decidido que no me importaba. Cuando terminé, me vestí a toda prisa, me guardé la pistola en el cinturón en la zona lumbar y subí por la escotilla.

211

Me quedé un rato en el congelador, el código iba y venía en mi cabeza, pero al final conseguí abrir la tapa. Atravesé el puesto médico y salí al pasillo. La casa estaba sumida en un silencio perfecto, como si estuviera dormida. No solo la gente, sino la casa en sí. Abrí la puerta principal. Me sentí como cuando era adolescente e intentaba entrar en casa borracha sin llamar la atención de Nour, pero esta vez era para salir. Cuando salí por la puerta me di cuenta del frío que hacía. El viento ya no soplaba con fuerza de huracán, pero seguía siendo frío y severo. Era una temperatura insoportable para alguien que llevaba solo unos tejanos y una camisola, pero no me afectaba. Era la primera vez que estaba fuera, visible, en dos días, y era una sensación extraña, como si me cambiara de ropa en una plaza pública.

Me quedé de pie en el césped fuera de la casa, descalza

a media luz, contemplando el mar. Realmente en todas direcciones se veía el vacío. No había adonde ir, ninguna puerta a la que tocar, o un teléfono de emergencias al que llamar. Empezaba a sentirme de regreso en el campo de Kyzyl Kum. A lo mejor nunca me había ido.

Cuando empecé a notar los pies entumecidos por el frío, me quedé ahí intentando pensar con calma qué hacer. Pensé que debería intentar hablar con Jon. Fuera lo que fuese lo que estaba pasando en esta isla, me daba la impresión de que él no estaba implicado. Si lo estaba, era mucho mejor actor de lo que sospechaba. Todo lo que había demostrado desde que desaparecí indicaba que se sentía sinceramente confuso y disgustado con lo que estaba ocurriendo. Di media vuelta y volví a entrar en la casa mientras intentaba pensar cómo explicarle que no estaba muerta, pero luego me di cuenta de que ya lo vería él, claro, y decidí que probablemente no sería necesario dar explicaciones.

Subí a hurtadillas la gran escalera con el máximo sigilo y cuidado que pude, pasando la mano por las extraordinarias tallas de madera, y cuando llegué al pasillo giré a la izquierda, lejos del ala donde estaban las habitaciones de Henry y Lotte. Caminé hasta la gruesa puerta de madera de la habitación de Jon, respiré y llamé. No hubo respuesta. No me atreví a llamar de nuevo porque hacía demasiado ruido, así que probé con el pomo. No estaba cerrado. Abrí una rendija y miré dentro de la habitación, luego dejé que la puerta se abriera del todo. Crujió un poco y se quedó entreabierta. la cama estaba sin hacer y había ropa esparcida por todas partes. Aparte de eso, la habitación estaba vacía. Avancé unos pasos. La puerta del lavabo estaba abierta, tampoco había nadie dentro. Un neceser de piel negra se balanceaba en el borde del lavamanos, y había unas cuantas toallas de mano en el suelo. La tapa del retrete estaba levantada. Pero Jon no estaba.

Oí un ruido pero no sabía de dónde venía. Me llevé la mano al cinturón y saqué la pistola. Estaba fría y pesaba. Volví con cautela al pasillo. La puerta de la habitación de Henry estaba entreabierta. Tenía la mente débil y el corazón acelerado: notaba algo pegajoso en los ojos, pronto me di cuenta de que era la sudoración de la frente. Tenía el cuerpo entero empapado en sudor frío. Me dirigí a la habitación de Henry e intenté mirar dentro. Lotte estaba en la cama, bajo la manta.

—¡Lotte! ¡Lotte!

Intenté susurrar, pero no estaba segura de haber pronunciado las palabras. No hubo reacción. Di unos pasos hacia la cama. Estaba tumbada de espaldas a mí, una punta de la bata de toalla sobresalía bajo el borde de la manta. Le toqué el hombro. No reaccionó. La sacudí con algo más de fuerza, pero no pasó nada. Sentía los latidos del corazón en los oídos, como si estuviera junto a un tren de carga. Intenté pensar pero era como si ya no fuese necesario. Solo quedaba una respuesta a todas esas preguntas, una sola respuesta. Oí un ruido por detrás y me di la vuelta, con el revólver pesado en la mano.

Henry estaba en el umbral. Me temblaban las manos mientras le apuntaba con el arma, y tuve que sujetarla con las dos. Nos miramos. Ninguno dijo nada durante unos segundos.

—Así que eras tú —dije al final. Mi voz me sonó extraña.

—Sí, era yo —dijo Henry, en voz baja—. Pero no es lo que crees. Baja la pistola y te lo explico.

Avanzó medio paso. Retiré el seguro.

—No te acerques más. No te acerques más a mí, joder.

Henry no se movió.

—Anna —dijo en un tono bajo y concentrado—. Baja el arma. Te lo puedo explicar. No estás en tus cabales. ¿Qué has tomado?

Dio otro paso adelante.

—¡No te acerques más! —grité. El sudor se me metía en los ojos, tenía el cuerpo frío y pegajoso. La pistola parecía tener un peso absurdo en las manos, y los brazos ya me temblaban visiblemente. Conseguí pronunciar las palabras—: ¡Expedientes personales sobre mí en cajas secretas! ¡Un desaparecido tras otro! Lo sabías, lo has sabido siempre, fuiste tú quien me golpeó en el puesto médico, ¿verdad?

—Sí, fui yo.

—Fuiste tú quien hiciste desaparecer a los demás, ¿verdad?

—Sí, fui yo, pero escucha, por favor, Anna, no es lo que crees, si bajas el arma...

De pronto embistió, avanzó unos pasos hacia mí con el brazo estirado hacia el arma. Cerré los ojos y disparé.

Henry rebotó hacia delante hasta la pared y se desplomó. Le cayó un hilillo de sangre por la frente. La pared de detrás quedó completamente salpicada de rojo. Había algo blanco, algo parecido a avena en el suelo. El cuerpo sufrió varios espasmos y se deslizó un poco más hasta que quedó medio apoyado, como un muñeco abandonado en un rincón. Solté el arma en el suelo y me fui de la habitación hasta el pasillo, bajé la escalera y salí por la puerta.

Tenía pinta de que iba a ser un día bonito. El viento había amainado y la capa de nubes empezaba a romperse. Unos cuantos rayos del sol se abrieron camino hasta la hierba, que tenía un brillo surrealista, gris plateado. Caminé descalza sobre la hierba junto al camino y hasta la escalera situada en el borde del acantilado. Las aves marinas se sumergían en el agua y el sol reluciente bailaba sobre el mar rizado, como si bandos de peces dorados nadaran justo por debajo de la superficie. Colgué los pies sobre el borde del precipicio y noté manchas de sangre bastante arriba en las piernas. Abajo vi la espuma blanca de las olas lamiendo las rocas y matas de algas en la orilla del mar. Las olas no paraban de ir y venir, como una máquina en perpetuo movimiento. Contemplé el mar. A lo lejos, en el horizonte, vi un helicóptero que se acercaba. Primero uno, luego dos.

215

ESTOCOLMO
PROTECTORADO DE SUECIA
MAYO DE 2037

El coronel

*E*l coronel Per Olof Ehnmark estaba sentado frente a
ellos. Parecía destrozado. Tenía los ojos rojos y el cuerpo
parecía colgarle del esqueleto como una manta pesada
colgada de una delicada rama. Daba la sensación de que
apenas podía aguantarse de pie. Alrededor se percibía el
aroma leve pero inconfundible de la bebida. No parecía
importarle.

Él, el principal interrogador, fue el que empezó. Habían
tomado la decisión juntos. Los viejos militares a menudo
preferían hablar con otros hombres. Cogió la grabadora,
presionó el botón y se inclinó un poco hacia delante como
si se fiara de su capacidad de captar el sonido de la sala.

—La cinta está en funcionamiento. Interrogatorio
inicial del coronel Ehnmark. Primero me gustaría agradecerle que se tome tiempo para atendernos.

—No creo que tuviera mucha opción. —La voz del
coronel sonaba igual de cansada que su cuerpo.

—Es libre de irse cuando quiera, por supuesto. —Fue
ella quien intervino.

—Bueno, es muy generoso por su parte —dijo el coronel. Luego no dijo nada más. Por lo visto no iba a ponérselo fácil. Se impuso el silencio un momento, hasta que ella le dio un golpe discreto en el costado. Tenían que empezar.

—¿Y? —le dijo al coronel para animarlo.

—¿Y?

—Coronel, necesito su confirmación. ¿Participa en este interrogatorio por voluntad propia?

El coronel parecía aún más cansado, si es que eso era posible.

—¿De verdad tenemos que pasar por este procedimiento? Sí...

—¿Disculpe?

—Sí, participo en este interrogatorio sobre los incidentes ocurridos en Isola por voluntad propia. Porque supongo que de eso quieren hablar, ¿no?

El interrogador principal se revolvió con cierta incomodidad.

—Lo siento, pero...

—No, de acuerdo, soy el único que tiene que dar información aquí, claro. Sí, participo voluntariamente. ¿Podemos continuar?

Los hombros de los dos interrogadores se relajaron un poco, y él inició el interrogatorio.

—Por supuesto. De acuerdo, me gustaría empezar preguntándole cuándo descubrió que Anna Francis era el blanco.

—¿El blanco?

—La verdadera candidata.

El coronel se detuvo a recordar. Era imposible saber si realmente necesitaba pensar la respuesta o solo intentaba irritarlos tomándose su tiempo.

—Lo sospeché desde el principio. Por lo que sabía del

proyecto, tenía el perfil perfecto. Es más, había oído rumores de que podría haber...

El coronel se cortó en seco. El interrogador principal le instó a continuar.

—¿Sí?

—Bueno, ¿cómo lo diría? ¿El potencial de coacción?

—¿Podría ser más específico?

—No sé, supongo que más o menos esos eran los rumores que había oído.

—¿Qué decían esos rumores?

El coronel estaba incómodo, se revolvió en la silla.

—Que de algún modo falló hacia el final de su estancia en Kyzyl Kum. Que había habido algunos problemas.

—¿Qué tipo de problemas?

El coronel se encogió de hombros.

—No sé, ¿los habituales? Síndrome postraumático, drogas, crisis nerviosas, decisiones imprudentes... Lo mismo que sufre todo el mundo tarde o temprano, todos los que hacen ese tipo de trabajo. La historia de siempre, como he dicho.

—Usted estuvo destinado en esa zona durante un período considerable, ¿verdad?

Formuló la pregunta en un tono suave, pero el coronel captó de inmediato la amenaza subyacente.

—Sí, y tengo la absoluta certeza de que ambos han leído mi expediente y todo lo que contenga que valga la pena saber, pero si esta conversación deriva en las malas decisiones que tomé en el pasado siquiera por un segundo, se acabó, así que más vale que dejen esa táctica conmigo. Estoy seguro de que podrían convertir mi vida en un infierno de muchas maneras, pero soy demasiado viejo para que me importe. Ya he perdido la mayor parte de lo que significaba algo para mí, y si no me equivoco

221

ustedes son los que quieren hablar conmigo ahora mismo. ¿Entienden la diferencia? Ustedes quieren algo de mí, y si tan solo insinúan que quieren meterse conmigo me levantaré y me iré de aquí.

—Disculpe, coronel.

El interrogador principal parecía disgustado.

—Acepto sus disculpas —dijo el coronel, aunque no parecía decirlo en serio.

El interrogador principal le dio un codazo en el costado a la segunda interrogadora como señal de que tomara el relevo, pero ella se quedó callada. Aún no era el momento. Así que continuó él.

—Dice que había oído «la historia de siempre» sobre Anna Francis. ¿Había oído algo que no entrara en la descripción de «la historia de siempre»?

—Bueno, estaba la parte sobre… —estaba indeciso.

—Continúe.

—Supongo que estaba la parte del niño.

—¿La parte del niño?

—Que había disparado a ese chico. Eso fue lo que la desmoronó.

—¿Puede ampliar la explicación?

El coronel soltó un profundo suspiro, como si estuviera extremadamente cansado de ellos y sus tácticas torpes.

—No, de hecho no puedo, y dado que estoy seguro que ustedes saben más que yo sobre esos incidentes, me parece totalmente innecesario estar aquí especulando.

El interrogador principal lanzó una mirada a sus papeles, pero en realidad estaba mirando las manos de la mujer, que hacía una señal en forma de círculo con el dedo índice, como para decirle que siguiera. Tenían sus pequeñas señales. Si levantaban un poco el dedo índice significaba «me toca», apuntando hacia delante significaba «sigue preguntando sobre eso». Era el momento de avanzar, evitar alterarlo en vano. Además, habían conseguido lo que querían.

—De acuerdo, vamos a dejarlo ahí. Dice que sospechaba desde el principio que ella era la candidata que nos interesaba. ¿Eso cambió?

—Cambió cuando desapareció, por supuesto. O murió. O como deba decirlo.

—¿Estaba convencido de que estaba muerta cuando desapareció?

—Sí, yo estaba con la médica... Katia, que la encontró. ¿Me drogasteis? Supongo que sí.

Levantó la mirada de la mesa y dejó que los ojos enrojecidos se pasearan entre ellos. Ella movió el dedo índice adelante y atrás: «No contestes».

—Disculpe, coronel, no tengo autoridad para revelar detalles sobre la operación.

El coronel soltó una carcajada, desprovista de placer.

—Por supuesto que me drogasteis. Supongo que lo hizo la propia Anna. Durante la cena, ¿verdad? Bien hecho, no me di cuenta de nada. Sin duda elegisteis a una buena candidata. Muy hábil por vuestra parte dejarme ver su cadáver, también. De lo contrario, seguro que habría sospechado.

—¿Conocía a Anna Francis antes de verla en Isola?

—No, y estoy seguro de que eso también lo saben. La conocí allí.

—¿Qué impresión le dio?

El coronel se reclinó un poco y estuvo un rato sin decir nada. Cuando contestó, escogió las palabras con cuidado.

—Parecía tensa. Era evidente que había vivido bajo una presión extrema. Aunque no hubiera sabido nada de ella, habría sospechado que había vivido una guerra, tenía esa mirada en los ojos que se le queda a la gente.

—¿A qué se refiere?

—Es difícil de explicar, pero te hace algo. Vi que estaba vigilante. Nunca daba la espalda a la sala, nunca se quedaba al descubierto para el ataque. Yo soy igual, así que reconozco ese comportamiento. Te vuelves así cuando has tenido que cubrir tus espaldas en serio.

—¿La describiría como una persona estable?

—Sí, creo que sí. No estaba loca, ni era una neurótica, si se refiere a eso. Daba la impresión de estar equilibrada y controlada. Pero estaba en guardia.

—¿Cómo describiría su relación con Henry Fall?

—No acabé de entenderla. Por una parte, actuaban como si no se conocieran, y por otra me daba la sensación de que se conocían. Era como si ella lo vigilara más a él, y en realidad él también la vigilaba. Cuando desapareció, mi teoría era que él podría ser el candidato. Eso explicaría que Anna lo vigilara. Pero luego se me ocurrió que podría haber otro motivo.

—¿Cuál podría ser?

El coronel parecía divertido y de nuevo paseó la mirada entre los dos.

—Seguro que ni siquiera alguien como ustedes puede estar tan viciado por los juegos de poder y la táctica para no pensar en un motivo por el que un hombre y una mujer se prestan atención.

—Ah, se refiere a eso, entiendo —dijo el interrogador principal.

El coronel respondió al hombre pero la miró a ella, con un brillo divertido en los ojos:

—¿Está totalmente seguro de eso?

—¿Disculpe?

El interrogador principal sonó ofendido. Ella pensó que pronto tendría que tomar el relevo porque el coronel estaba a punto de sacarle ventaja. Ahora era él quien dirigía el interrogatorio. Cuando entró en la sala, le costó encajar a ese hombre derrotado que tenían enfrente con el hombre eficiente del que había leído en los informes de Isola, pero ahora empezaba a atisbarlo. El interrogador principal intentó empezar de cero.

—¿Alguna vez sospechó que no estaba muerta?

—Al principio no, pero cuando también desapareció Katerina Ivanóvich empecé a planteármelo, por supuesto. Era demasiado bueno para ser cierto.

—¿Demasiado bueno?

—Ya sabe a qué me refiero. La gente no desaparece sin más en este tipo de ejercicio. Llevo mucho tiempo en esto para saberlo.

El interrogador principal hojeó sus documentos.

—Volvamos al momento en que desapareció Anna Francis. ¿Cómo reaccionaron los demás?

—Alarmados, diría.

—¿Destacaría alguna reacción en concreto?

—Bueno, Fall parecía realmente conmocionado.

—¿Diría que alguien estaba demasiado afectado?

El coronel entendía a dónde quería ir a parar.

—Si piensa en si alguno de los demás sospecharon en ese momento, la respuesta es no. Fue muy listo en eso. Y esa historia de amor también era una buena tapadera, claro. ¿Estaba planeada?

—Por desgracia no puedo…

El coronel soltó un suspiro audible.

—No puede dar detalles, sí, lo sé. En todo caso fue una buena idea, de quienquiera que fuese.

Ahora era el turno de ella. Quería cambiar de tema, a poder ser sin levantar las sospechas del coronel.

—Continuemos. ¿Qué ocurrió entonces?

—Decidimos inspeccionar la isla.

—¿Quién tomó la iniciativa?

—No me acuerdo.

Ella se reclinó en la silla para observarlo. Intentó mantener un tono amable.

—Los demás han dicho que fue iniciativa suya.

—Podría ser. Pero podría haber sido cualquiera, era lo natural en ese caso

Ella continuó:

—Me gustaría dar un salto en el tiempo. Me gustaría saber qué ocurrió cuando recibió instrucciones de Henry Fall de que debía desaparecer.

El coronel se quedó callado un momento, como si buscara en la memoria. Por primera vez, la respuesta fue vacilante.

—Empezó cuando alguien dijo que el embarcadero se había soltado, visto con perspectiva supongo que fue Henry Fall quien lo soltó cuando formaba parte del grupo que inspeccionaba la zona del cobertizo.

—¿Y qué hizo entonces?

—Bajamos corriendo a la base del acantilado y preparamos el bote. Fall se aseguró de que solo fuéramos él y yo. Von Post quiso venir, pero recuerdo que Fall dijo que no.

—Así que los dos zarpasteis en el bote...

—Y ahí fue donde recibí mis instrucciones.

—¿Cuáles eran?

—Me informó de que la operación era sobre Anna Francis, como ya sospechaba. Que no estaba muerta pero pensaba que era ella quien nos observaba a nosotros, y que la prueba de estrés implicaba que todos desapareciéramos uno detrás de otro. Tenían pensado asegurarse de que podía soportar la presión y seguir obedeciendo órdenes. En pocas palabras, que no se desmoronaría.

—¿Qué tipo de instrucciones técnicas recibió?

—Se suponía que debía ponerme el regulador de oxígeno en la boca, volcar el bote y esperar debajo, y cuando los demás regresaran a la casa volvería a colocar bien el bote, rodearía la isla y me reuniría con Katerina Ivanóvich en el punto de encuentro al otro lado.

Ella rebuscó en sus papeles, encontró un mapa de la isla y lo dejó en medio de la mesa.

—¿Puede enseñarme cómo dio la vuelta?

El coronel se inclinó sobre la mesa a estudiar el mapa, y con un dedo señaló cómo había rodeado la mitad de la isla y amarrado en una pequeña ensenada estrecha delante de la esquina noreste de la casa, un punto muy difícil de ver desde la casa porque quedaba justo debajo del tejado. Para llegar por tierra había que atravesar las espesas zarzas de la cuesta.

—Caminé hasta aquí, y ahí entré.

—¿Se refiere al refugio subterráneo?

—Sí, en la parte trasera de la isla, debajo de la casa.

—¿Fue difícil llegar al punto de encuentro sin ser visto?

—No, no fue un problema. Los demás estaban ocupados en la casa, y Katia ya estaba en el refugio, claro.

—¿Y el bote? ¿No corría el riesgo de que alguien se diera cuenta?

El coronel parecía cansado.

—Como recordarán, era inflable. Lo desinflé y me lo llevé.

—Entonces debo interpretar que mientras participó activamente, la operación funcionó sin problemas.

—Sí, diría que sí. Aunque era inhumano.

El interrogador principal intervino de nuevo. Le lanzó una mirada de irritación. No era así como habían planeado el interrogatorio. Ella no apreciaba que él se estaba desviando del protocolo.

—¿Qué impresión le dieron los demás cuando se unió a ellos? ¿Aún parecía que todo iba bien?

—Sí, me dio esa impresión.

—¿Nadie mencionó dudas respecto de las acciones de Henry Fall?

—¿A qué tipo de dudas se refiere?

—Eso le estoy preguntando.

—Es difícil responder si no entiendo la pregunta.

Ahora ambos estaban inclinados sobre la mesa. El interrogador principal siguió presionando:

—¿Había algún motivo para creer que Fall estaba perdiendo el control de la operación?

Ella quería detenerlo, intentó hacerle una señal con el dedo, decirle que no siguiera por ahí, pero era demasiado tarde.

—No entiendo adónde quiere ir a parar. ¿Por qué no se lo pregunta directamente a Fall?

228 El interrogador principal también se dio cuenta de que había llevado la conversación por el camino equivocado. Se reclinó en la silla y procuró adoptar una expresión de desdén.

—Por desgracia tengo prohibido…

El coronel estaba cada vez más intrigado.

—¿Ocurrió algo? ¿Algo salió mal?

—Coronel…

—¿Le pasó algo a Anna? ¿Está muerta?

—Anna Francis está viva, coronel.

Ella le dio una fuerte patada por debajo al interrogador principal. Necesitaba intervenir, pero no sabía cómo. El coronel estaba inclinado sobre la mesa, y para entonces parecía que era él quien preguntaba al interrogador principal.

—Entonces el problema es Fall. ¿Qué ocurrió? ¿Reveló cuál era su función?

El interrogador principal hizo un gesto desesperado.

—Lo siento, pero no puedo...

El coronel se levantó y fue al otro lado de la mesa. Acercó la cara a la del interrogador principal, casi gritaba.

—¡Contésteme ahora o se lo preguntaré yo!

—Por desgracia, debo informarle de que sería imposible. Henry Fall está muerto.

El coronel se lo quedó mirando. La segunda interrogadora tuvo que contener las ganas de hundir el rostro en las manos.

—¿Muerto? ¿Pero qué...?

—Lo siento, coronel, pensaba que lo sabía —dijo ella en voz baja, aunque sabía que no era cierto. Habría sido preferible que no lo descubriera jamás, de haber sido posible evitar decirlo. El coronel los miró a uno y a otro, con los ojos desorbitados.

—Por el amor de Dios. Dios mío... ¿qué habéis hecho? 229

Ella se inclinó sobre la grabadora y dijo, escueta:

—Interrogatorio concluido a las 12:36.

La apagó. El coronel agarró la chaqueta, que estaba colgada en el respaldo de la silla. Vi que le temblaban las manos. Sin mirar a ninguno de los dos, salió de la sala.

Katia

Katia se encontró al coronel en el pasillo. Caminaba rápido, con la cabeza gacha, casi se tropezó con ella. Estaba a punto de saludar cuando él levantó la mirada, pero se detuvo al verle la expresión de la cara. Se inclinó hacia ella.

—¿Estabas metida en todo esto?

Casi escupió las palabras, el guardia que iba tras él se acercó y lo sujetó.

—Coronel, lo siento pero los testigos no pueden hablar entre ellos.

Él la miró con dureza, pero ella no dijo nada. El coronel se zafó de la mano del guardia.

—Maldita sea —dijo con una mirada de odio. Luego se abrió paso en el pasillo a zancadas. Katia tragó saliva y siguió avanzando por el pasillo hasta la puerta de la sala de interrogatorios.

—¿En qué fase entró en la operación?

Era el hombre el que preguntaba. La mujer estaba sentada, en silencio, blandiendo un bolígrafo, en clara actitud de tomar notas. Sujetaba la libreta en un ángulo que Katia no veía si ya estaba escribiendo. Pensó si era una táctica para hacerla sentir insegura.

—Entré cuando se decidieron por Anna Francis.

—¿Qué sabe de cómo se tomó esa decisión?

—Entiendo que había otros candidatos potenciales, pero decidieron apostar por ella.

El interrogador principal miró sus papeles y murmuró algo.

—¿Qué sabía del pasado de Anna?

«Tú solo contesta las preguntas —pensó Katia—. Ni mucho ni poco. Tú solo contesta las preguntas.»

—Sabía de ella, pero como todo el mundo, más o menos.

—¿Cómo sabía de ella?

—Bueno, por las revistas, la televisión... su trabajo en Kyzyl Kum.

—Pero sabía más de ella de lo que escribían las revistas, ¿verdad?

Habló la mujer, la segunda interrogadora. Sonrió. Hablaba de un modo íntimo y directo. Como si solo estuviera confirmando lo que ya sabían. Katia titubeó al contestar.

—Bueno, tuve acceso al informe sobre su estancia en Kyzyl Kum.

—¿Qué decía?

—Bueno... no me parece correcto comentarlo aquí. Ya saben, una parte es...

—¿Información clasificada? —La segunda interrogadora seguía con su leve sonrisa educada.

—No sé si debo responder esa pregunta.

La segunda interrogadora se inclinó sobre la grabadora de la mesa y dijo:

—Pausa en la grabación.

Cuando la cinta volvió a funcionar, la segunda interrogadora fue de nuevo quien empezó:

—Se le han enseñado a Katerina Ivanóvich los documentos en los que el Presidente nos autoriza a ella y a mí misma a comentar el material que se encuentra en el informe confidencial SOR 234:397 Clase 3. Se lo preguntaré de nuevo: ¿qué información figuraba en los papeles que le enseñaron antes de viajar a la isla?

—Bueno, había bastante. Sufrió estrés postraumático, claro...

—Desorden de estrés postraumático.

—Sí, exacto, y por lo que entendí también tuvo problemas con el consumo de FLL.

La segunda interrogadora la miró con interés, con una ceja levantada.

—Ha dicho «consumo», no «abuso».

Katia se revolvió en la silla. Sabía que saldría al tema, y se sentía relativamente bien preparada.

—Cuesta saberlo. Vivió bastante tiempo en circunstancias extremas. Diría que no es anormal automedicarse con narcóticos y medicamentos contra la ansiedad, o desarrollar estrés postraumático en esas circunstancias. De hecho, eso sería el indicador de una persona sana. Lo anormal sería no permitirse que esas circunstancias le afecten a uno.

—Entiendo —dijo la segunda interrogadora, aunque parecía que no quería o no era capaz de entenderlo—. ¿Por eso finalmente aceptó que tuviera acceso a FLL en la isla?

—Bueno, no... no. No creo que fuera buena idea.

—Llegó incluso a presentar una protesta por escrito, ¿por qué?

Formuló la pregunta en el mismo tono amable, pero se le escapó una pizca de brusquedad.

—Pensé que era de una crueldad innecesaria. Alguien que ha conseguido dejar de consumir no debería quedar expuesto al riesgo de volver a caer. No en semejantes circunstancias de presión.

La segunda interrogadora inclinó la cabeza como si la entendiera del todo.

—¿Y aun así no quiere considerarla una adicta? ¿Ni siquiera tras lo ocurrido?

—No, creo que la palabra es demasiado fuerte. Podría inducir a error.

—¿Sabía que había pasado por un tratamiento por su adicción?

—Sí, y sabía que lo culminó con éxito.

—¿Quién se lo dijo?

—El secretario Nordquist. Y en el informe también salía reflejado.

La segunda interrogadora garabateó otra nota y luego continuó.

—¿Qué hizo que finalmente aceptara que se introdujera FLL en el puesto médico?

—El secretario me explicó que era muy importante saber si estaba suficientemente recuperada para no sufrir una recaída en la ad... el consumo, por muy estresante que fuera la situación. Pensaba que no podía permitirse apostar al caballo equivocado en este puesto.

La segunda interrogadora consultó un segundo sus papeles.

—¿Esas fueron sus palabras? ¿Apostar al caballo equivocado?

—Según recuerdo, sí.

La segunda interrogadora siguió tomando notas. Katia se preguntó qué escribía.

233

—¿Entonces al final accedió a poner FLL en la isla como una especie de prueba de carácter?

—Sí. ¿No era todo una especie de prueba de carácter? —dijo Katia, y se arrepintió de inmediato de sus palabras.

El secretario

—¿*D*e quién fue la idea de poner FLL en la isla?

Era la mujer, la segunda interrogadora, la que hablaba. Habría preferido hablar con el interrogador principal. Siempre era más fácil hablar con hombres. Tal vez lo sabían, y por eso dejaban que ella dirigiera el interrogatorio. Decidió que no debía afectarle, pero no tenía ninguna gana de hablar con una zorra persistente de uniforme.

—¿A qué se refiere con de quién fue idea?

—Exactamente a eso. ¿De quién fue la idea de poner FLL en Isola?

—Tendría que volver y revisar mis notas si quiere una respuesta. No me acuerdo así, sin más.

Ella esbozó una sonrisa encantadora, como si eso fuera justo lo que esperaba que dijera.

—¡No hay problema! Tenemos todo el material aquí mismo. Podemos hacer una breve pausa para que lo revise.

El secretario negó con la cabeza. Mierda.

—No, tardaría demasiado en encontrarlo. Ni siquiera recuerdo dónde podría estar la nota.

Ella sonrió con mayor intensidad. Él pensó que parecía una serpiente a punto de engullir a su presa entera.

—¿Podemos hacer una pausa? Para que tenga tiempo de consultar lo que necesite para contestar a estas preguntas. Al fin y al cabo son sus propias actas de las reuniones, así que seguro que no tarda tanto. Además, tenemos todo el tiempo del mundo. Así que...
—Miró a su colega, que asintió un momento.

—De acuerdo, pausa en la grabación a las 16:49...

El secretario negó con la cabeza y luego hizo un gesto con la mano.

—No, no... no será necesario. Podemos continuar.

Ella lo miró con la cabeza ladeada y tomó una decisión.

236 —Entonces le repetiré la pregunta por tercera vez: ¿de quién fue idea?

Tenía que decir algo. Se aclaró la garganta.

—Hubo una reunión en la que se comentaron las debilidades en las que debíamos poner a prueba a nuestra candidata. Que tuviera un historial de adicción preocupaba especialmente. Era importante averiguar hasta qué punto era grave. Y luego alguien propuso que pusiéramos la droga a su disposición y viéramos si la usaba en una situación de gran estrés.

La mujer insistió.

—¿Entonces fue idea suya?

—No recuerdo de quién fue la idea.

Con la misma sonrisa divertida que lucía todo el rato, cogió unos folios que tenía delante, en apariencia encontró lo que buscaba, llegó a la página correcta y empezó a leer en voz alta.

—«Por tanto, el secretario propone que pongamos

FLL accesible en la isla para ver si AF sufre una recaída durante una situación de estrés extremo.» Acta de la reunión del 16 de enero. ¿Le suena?

—Como le he dicho, fue un debate —dijo el secretario con acritud—. No recuerdo si fui yo o cualquier otro quien hizo la propuesta.

—¿Hay algún motivo para dudar de la veracidad de las actas?

Masculló algo entre dientes. Ella seguía mirándole con esas malditas cejas repeinadas bien levantadas en la frente. El secretario miró al hombre, que parecía estar pensando en otra cosa, con la mirada perdida más allá de la cabeza del secretario. Por lo visto no encontraría ayuda allí.

—Por favor, responda a la pregunta.

No se rendía.

—No, no lo hay —contestó con brusquedad el secretario.

El interrogador principal despertó de su trance. Se puso a hurgar en los documentos que tenía delante. La segunda interrogadora se inclinó y le susurró algo, y él asintió antes de hablar.

—Me gustaría hablar un poco de la selección de Anna Francis. ¿No es cierto que usted estaba en contra de que fuera candidata? ¿Que era el Presidente quien la quería?

—Es cierto que la propuso el Presidente.

—¿Usted tenía una opinión distinta?

—Había otros candidatos con otras cualidades.

—¿Y qué consideraba usted debilidades de Anna Francis?

—En una organización como el grupo RAN, es importante que la gente tenga claros sus objetivos. Que sean pragmáticos. Que tengan una visión global.

El secretario se veía en terreno más seguro ahí. Lo notaba en su propia voz. Sonaba más normal, más seguro.

—¿Y no era así en el caso de Anna Francis?

Había vuelto la zorra de las cejas. El secretario fingió no verla, y siguió mirando al interrogador principal cuando contestaba.

—Digamos que había tenido ciertos problemas con eso antes.

—¿A qué se refiere?

Ella no se rendía.

—Este método socrático que utiliza es bastante molesto —soltó el secretario—. ¿No puede preguntarme lo que quiere saber, sin más?

Ella seguía sonriendo. Le daban ganas de borrarle esa maldita sonrisa despectiva.

—Me encantaría, si usted fuera un poco más concreto —dijo ella. Luego continuó—. ¿Qué tiene contra Anna Francis?

—Estaba demasiado obsesionada con la ética.

La segunda interrogadora levantó aún más las cejas, si era posible.

—Madre mía, esa es una objeción poco común. ¿Demasiado obsesionada con la ética? ¿No cree que la ética sea útil en el grupo RAN?

—Hay una diferencia entre ser ético y tener complejo de buen samaritano. A veces hay que tomar decisiones y no sirve ponerse sentimental. —Lanzó al interrogador principal una mirada suplicante, pues le daba la impresión que el hombre le entendía mejor. Sin embargo, no dijo nada y dejó que su compañera continuara:

—¿Y ella sí lo hacía?

—Bueno, es evidente que tomó una deriva demasiado sentimental durante determinadas situaciones delicadas en Kyzyl Kum, ¿no?

—¿A qué situaciones se refiere?

De pronto el secretario se hartó de la situación.

—Por el amor de Dios, no se quede ahí sentada sonriendo y fingiendo que no sabe lo que ocurrió cuando dejó de obedecer órdenes.

Enseguida se arrepintió de ese arrebato al ver que la segunda interrogadora ampliaba su sonrisa.

—Sé lo que ocurrió, pero me intriga saber qué considera ejemplos de sentimentalismo excesivo.

El secretario se quedó allí sentado en silencio, sin responder. Le resultaba perturbador que ella consiguiera sacarle de quicio. El interrogador principal tomó el relevo de nuevo.

—¿La catástrofe no se produjo porque nadie la escuchó?

El secretario soltó un profundo suspiro.

—No, no es mi interpretación. Ella era el problema. Una cooperante civil en el campo no debería estar a cargo de la situación. Se supone que debe obedecer a sus superiores militares.

—¿Aunque se equivoquen?

El secretario se cruzó de brazos y no dijo nada. El primer interrogador consultó de nuevo sus papeles antes de continuar:

—Suena a que nunca estuvo muy a favor de que Anna Francis fuera candidata, ¿no?

—Tenía sus puntos fuertes y sus debilidades. Igual que todas las personas en las que nos fijamos —contestó el secretario con sequedad.

Apretó los labios y apartó la mirada.

Katia

—Fue la primera en desaparecer de la casa después de
Anna. ¿Puede aclarárnoslo?

El interrogador principal dejó la taza de café que le
había traído el guardia de uniforme un momento antes.
Acababan de volver de una breve pausa; Katia había ido
al lavabo, y la segunda interrogadora salió de la sala a
pedir café para todos. Katia pensó que los dos parecían
cansados. Pensó con quién habían hablado ya y quién
habían dejado en su lista. Aún no sabía del todo por qué
los interrogatorios se llevaban a cabo aquí, y con agentes de seguridad. Entendía que significaba que algo había salido mal, pero no sabía qué. Y allí estaba de nuevo,
intentando recordar que solo debía contestar a las preguntas. Era más difícil de lo que esperaba: era como si
no parara de filtrar información adicional a lo que quería decir. Pero esa pregunta sí la sabía responder.

—Era un plan bastante sencillo. Teníamos una cámara abajo, en el Nivel Estratégico, y las imágenes se
enviaban a la pantalla del reloj de Henry. No eran de

muy buena calidad, claro, pero por lo menos podía saber dónde estaba Anna. Henry preparó el embarcadero cuando inspeccionaba esa parte de la isla junto con Franziska y Jon, que estaban ocupados en el cobertizo. Me colé antes que él, que vino a buscarme en cuanto tuvo ocasión. Fingimos una pequeña pelea, y cuando Anna empezó a recuperarse yo estaba en el suelo en un charco de sangre.

El interrogador principal hizo un gesto de aprobación, como si ya conociera esos hechos, y probablemente así era.

—¿Y qué ocurrió cuando despertó?

—Teníamos la esperanza de que diera media vuelta en la escotilla y bajara en cuanto me viera allí tumbada, que diera por hecho que estaba muerta. El caso es que tenía que verme, nada más.

—¿Pero? —El interrogador principal le instó a continuar su relato.

—En cambio se acercó a examinarme. Henry tuvo que sacarla de allí.

—¿Sacarla de allí?

La pregunta era de la segunda interrogadora, que puso énfasis en cada sílaba. Katia se aclaró la garganta.

—Sí, con un golpe en la sien. Ella no corría peligro, Henry es un profesional.

—¿No le preocupaban las consecuencias que pudiera tener para su salud?

El tono era amable, pero la mirada se le había endurecido.

—Como he dicho, Henry es un profesional, y yo soy médica. Por supuesto, sabíamos que podía producirse una situación así, y era una posible solución que no pondría en peligro inmediato a Anna.

La segunda interrogadora se inclinó sobre sus papeles y anotó algo. «Esas notas. ¿Qué escribe?», se preguntó Katia de nuevo. La segunda interrogadora continuó, con la mirada fija en los papeles.

—¿Y una vez «la sacasteis de ahí»?

—Limpiamos, y yo me quedé a vigilarla hasta que mostró las primeras señales de despertar. Luego Henry se fue, yo me escondí cerca de la puerta de la cocina y cuando los demás llegaron corriendo por detrás de la casa me fui por el mismo camino y bajé al refugio subterráneo. Y ahí quedé fuera de juego.

—Interesante. Me gustaría pasar a otro tema. Volvamos al informe que recibió antes de llegar a la isla. ¿Qué más leyó sobre Anna Francis?

—Bueno, hubo algún problema cuando dejó de obedecer órdenes.

242

—¿Puede explicarse mejor? —preguntó el interrogador principal.

—Le ordenaron que dejara de negociar con los militares.

—¿Y qué pasó?

—Ella siguió negociando, si no me equivoco. A espaldas de sus superiores. Y lo descubrieron. Y luego hubo problemas.

—¿Problemas?

—Le ordenaron que cediera y dejara de negociar de una vez por todas. Y luego hubo esa situación…

El interrogador principal hizo un gesto con la cabeza para animarla.

—Continúe.

—Cuando fueron a poner fin a las negociaciones en su lugar, el ejército atacó el transporte médico. Murió mucha gente en poco tiempo.

—¿Y cómo sabe todo eso?

Intervino la segunda interrogadora. Por algún motivo, a Katia le ponía más nerviosa que el interrogador principal. Era más difícil defenderse contra sus técnicas.

—La versión de Anna del incidente figura en el informe. Igual que la de sus superiores.

—¿Cuáles fueron las consecuencias?

—Probablemente fue en aquella época cuando empezó a venirse abajo, y el consumo de FLL fue más grave, si lo entendí correctamente. Después de aquello no podía con todo.

La segunda interrogadora anotó algo más mientras sopesaba el siguiente movimiento, luego preguntó:

—¿Diría que hizo lo correcto o no al desobedecer órdenes?

—No es mi función evaluarlo —se apresuró a decir Katia. «Nada de especulaciones, solo contesta las preguntas.»

—Querían llevarla frente a un tribunal militar. Enviarla a casa, incluso entonces, ¿lo sabía?

—No.

Katia estaba a punto de decir que quizá deberían haberlo hecho y Anna se habría ahorrado todo esto, pero apretó los labios para evitar decir nada más. La segunda interrogadora le sostuvo la mirada un momento para ver si pensaba ampliar la respuesta. Luego estuvo cuchicheando con el interrogador principal mientras hojeaba los papeles que tenían delante, encontró lo que buscaba y se lo dio. La segunda interrogadora tomó el revelo del interrogatorio de nuevo.

—Ahora me gustaría hablar un poco más de lo que ocurrió en la isla. Usted estaba allí a cargo de la parte médica. ¿Diría que sus recursos médicos habrían sido suficientes para afrontar un trauma grave como heridas de bala?

—No.

—¿Sabía que había una pistola en la isla?

Katia no tenía prevista esa pregunta.

—No, no lo sabía.

—Ya veo —dijo la segunda interrogadora sin apartar la mirada de Katia—. ¿Qué le habría parecido, si se lo hubieran preguntado?

—Habría dicho que era profundamente inadecuado.

—¿Qué le parece el hecho de que no se lo preguntaran?

Katia dudó un segundo al contestar. Le sorprendió saber lo de la pistola, pero de nuevo intentó recordar que no debía especular sobre cosas que no formaran parte del relato. Al mismo tiempo, sabía que no podría salir de ahí sin decir nada. Intentó escoger las palabras con cuidado.

244 —Era responsable de la situación médica en la isla, como ha dicho. No considero que esa decisión entre en mi área de responsabilidad. Pero si quiere saber mi opinión, me parece muy mala idea.

—¿Por qué? —La segunda interrogadora seguía mirándola como si quisiera hipnotizarla.

—Bueno, uno nunca puede estar seguro de lo que hará una persona en situación de estrés y aislamiento extremo, ¿no? Lo que podría hacer cualquiera.

—Pero si usted era la responsable médica, ¿no cree que era su responsabilidad asegurarse de que los recursos médicos fueran suficientes para tratar cualquier herida que pudiera producirse? ¿No debería haber sabido más?

—Podría pensarse así.

—¿Usted lo cree así?

—No quiero responder a esa pregunta.

Por fin la segunda interrogadora apartó la mirada de

ella y se reclinó en su silla. En ese mismo momento, el interrogador principal de pronto se inclinó hacia delante. Ya no parecía tan simpático. «Son buenos —pensó Katia—. Tienen práctica.»

—De acuerdo. Volvamos al tipo de información que le anticiparon sobre Anna Francis. ¿Hay algo más digno de mención?

Katia pensó qué debía decir. Esos saltos constantes en el tiempo y cambios de tema la hacían sentir insegura sobre adónde quería ir a parar con sus preguntas y qué había dicho ella en realidad. Seguramente esa era la intención.

—Sí.

—¿Y qué es?

—Bueno, que... lo siento, me resulta muy incómodo hablar de eso.

Katia respiró un momento. El interrogador principal la instó a continuar.

—Lo entiendo, pero necesitamos llegar al fondo de lo que ocurrió.

—Ya. Bueno, es sobre el tiroteo.

—Cuéntenos lo que sabía.

—Bueno, que disparó a un civil en el hospital. Supongo que por eso la enviaron a casa al final.

—¿Quién era ese civil?

El tono del interrogador principal era bajo y neutral, pero su lenguaje corporal revelaba que estaba muy concentrado. La segunda interrogadora también tenía la mirada clavada en ella.

—Era un niño del pueblo.

—¿En qué circunstancias ocurrió?

—El niño había entrado en el hospital esa noche. Ella pensó que alguien intentaba robar medicamentos.

—¿Medicamentos? ¿No FLL? —preguntó la segunda interrogadora, que para entonces también estaba inclinada sobre la mesa.

—Bueno, seguramente todo estaba en el mismo sitio —dijo Katia, que intentaba recordar lo que había leído en el informe. «¿Por qué quiero defenderla?», se preguntó.

—¿Pero no era cierto?

—No, por lo que yo sé. Buscaba comida. Le voló la cabeza de un disparo a un niño de diez años que había robado una manzana.

El interrogador principal le sonrió con empatía.

—¡Bueno, casi hemos terminado! Solo quedan un par de preguntas para acabar. Entiendo que es agotador, pero necesitamos aclarar todos los detalles.

—¿Por qué? —preguntó Katia.

El interrogador principal no dio muestras de haberla oído, pero sí le preguntó si quería un taxi y lo llamó por el teléfono negro que estaba sobre la mesa junto a la grabadora. Katia notó que empezaba a relajarse. La segunda interrogadora se sentó tranquilamente, en apariencia miraba sus notas. Sin quitarles el ojo de encima, preguntó con amabilidad:

—¿Sabía que había más de un candidato en la isla?

Katia se quedó perpleja.

—¿Qué?

—¿Lo sabía?

—No... lo siento, pero ¿está segura de eso?

De pronto a Katia se le aceleró el corazón. «¿Qué es esto?» Ahora los dos interrogadores la miraban fijamente, estudiaban sus reacciones como si quisieran asegurarse de que no se perdían nada para saber si decía la verdad o mentía.

—¿Debo interpretar por su respuesta que no lo sabía?

—No. Quiero decir… correcto. No lo sabía. ¿Quién era?

—Por desgracia, no se lo puedo decir —contestó la segunda interrogadora.

Katia hizo un gesto reflexivo con la cabeza.

—Pero… ¿qué le pasó al segundo candidato?

Jon von Post

—Ahora me gustaría saltar a la fase final de la operación. ¿Podemos hablar de eso?

Jon se secó el sudor de la frente, que había empezado a caer de nuevo. El ambiente en la sala era sofocante y estaba viciado.

Estaba sentado en esa sala iluminada con las ventanas tapadas, sudando. Le dolían las rodillas. Delante tenía sentada a una mujer y un hombre que rondaban la cuarentena, el interrogador principal y la secundaria, como si fueran hermanos. De momento habían repasado una serie interminable de detalles. ¿Cuándo había sabido qué? ¿Quién dijo eso? ¿Recordaba si pasó antes esto o aquello? Respondió lo mejor que pudo, cada vez más impaciente. El Presidente había dicho que tenía que hacerlo, así que ahí estaba. Aunque no le gustara.

El interrogador principal se volvió hacia la mujer y le susurró algo al oído, él asintió, localizó una carpeta en la mesa y se la dio. Él la hojeó un momento, luego la dejó y esperó la respuesta de Jon.

—Si realmente tenemos que hacerlo...

El interrogador principal ladeó la cabeza.

—¿Suena a que preferiría no hacerlo?

—No me apetece.

—¿Por qué le resulta difícil?

Era la mujer, la segunda interrogadora, la que preguntaba, como si no le hubiera oído. O no le hiciera caso.

—¿Por qué iba a querer volver a toda esa mierda? ¿Saben que no he dormido una noche seguida desde que volví de esa maldita isla? Me habéis destrozado. Sois conscientes de eso, ¿no? De que destrozáis a la gente.

—Agradecemos mucho su colaboración —declaró el interrogador principal mecánicamente. Cada vez que Jon ponía una objeción, la respuesta era parecida. Continuó—: Es importante que entendamos lo que ocurrió en la isla, de modo que ¿podemos comentar la fase final de la operación?

—Sí. ¿Puedo beber un poco de agua?

La segunda interrogadora cogió la jarra y le sirvió un vaso.

—¿No puede preguntárselo a Lotte? —preguntó Jon tras beber un sorbo.

—Lotte Colliander está exenta de esos interrogatorios. Informará directamente al Presidente ahora que forma parte de su equipo —contestó el interrogador principal. La segunda interrogadora lanzó una mirada de irritación a su compañero, como si pensara que estaba hablando demasiado. Sin mediar palabra, Jon le dio el vaso para que se lo rellenara. El interrogador principal le sirvió más agua, al tiempo que le preguntaba—: ¿Cómo recibió sus instrucciones de Henry Fall?

Jon cogió el vaso y lo vació en tres sorbos antes de contestar.

—Bueno, entró en mi habitación y confirmó de

nuevo su identidad de agente secreto. Tenía más que contar de lo que había explicado en la cocina, así que me explicó la situación, me dijo que había drogado a Lotte... para que no tuviera un ataque de nervios, y que pronto la trasladaría al cobertizo que había detrás de la casa donde esperaban los demás. Me dijo que bajara por un sendero que rodeaba la casa, entre las zarzas, junto a la pared de roca, y fuera al refugio subterráneo que había en la esquina noreste de la casa. Dijo que era Anna la que estaba a prueba, no nosotros, y que estaba viva. Pero la situación se había complicado ahora que no sabía dónde estaba la pistola, y teníamos que ponernos a salvo lo antes posible. Me dijo que fuera primero por la escalera que daba a la cocina al final del pasillo y luego saliera por la puerta de la cocina a la parte trasera. Él me seguiría con Lotte poco después, solo tenía que recoger sus cosas.

250   —¿Y cómo reaccionó usted? —preguntó el interrogador principal.

—Le obedecí, ¿qué otra cosa podía hacer?

—Entonces le creyó —quiso confirmar el interrogador principal. Jon lo estuvo pensando.

—Sí, parecía verosímil. Por lo menos, no menos que todo lo demás en aquella situación. Por supuesto fue un alivio saber que Franziska... quiero decir, que los demás no estaban heridos.

Era raro pronunciar el nombre de Franziska. Había intentado ponerse en contacto con ella varias veces desde la isla, pero siempre obtenía la misma respuesta. Que estaba ocupada, y más tarde que estaba fuera del país «para recuperarse». Se preguntaba qué significaba eso. No la había visto en televisión ni una sola vez desde Isola. Se lo había preguntado a los interrogadores, pero le dijeron más o menos lo mismo: que estaba «descansando» tras la experiencia de la isla. Seguramente la protegía su cuñado: cuando uno es familia del ministro del interior, probablemente no pasa por interrogatorios si no quiere.

—Entonces se dirigió al refugio subterráneo. ¿Cómo era el ambiente allí?

—Bastante tranquilo. Franziska había llegado unas horas antes, por el mismo camino. Y ya sabe que todo era bastante surrealista.

—¿Qué quiere decir?

—Bueno, era como el día del Juicio Final. Gente que pensabas que estaba muerta, y luego ahí estaban.

Jon se estremeció por dentro. Recordó esa peculiar sensación en el refugio subterráneo. Cómo lo miraron los demás en ese pequeño cuarto mal iluminado. La sensación de que nadie estaba seguro de si estaba vivo o muerto. Que aún se despertaba por la noche y no estaba del todo seguro.

—Casi hemos terminado —dijo la segunda interrogadora—. Solo una cosa más: Henry habló con usted de su misión en dos ocasiones. Lotte y usted estaban presentes la primera vez, pero la segunda fue en su habitación, ¿verdad?

Jon asintió. La segunda interrogadora continuó.

—¿Cómo se presentó Henry Fall cuando le dio la información en su habitación?

—Dijo que era un agente de los servicios secretos con la misión de observar a Anna y protegerla.

—¿Nada más? —La segunda interrogadora lo miró con las cejas levantadas.

—No —contestó Jon—. ¿Había algo más?

El secretario

Ahora le tocaba a la segunda interrogadora. Revolvió los papeles que tenía delante como si buscara algo.

—¿Tardaremos mucho más? —preguntó el secretario, que se miró la muñeca de nuevo, molesto, aunque ya no llevaba reloj.

—Depende totalmente de usted —contestó ella sin mirarle.

—Me gustaría tomar un café —dijo él, sabiendo que sonaba como un niño malcriado. Ella fingió no oírle, y en cambio empezó desde otro punto.

—Entonces, ¿en qué momento decidieron entre todos tener dos candidatos, Henry Fall y Anna Francis?

El secretario tragó saliva. Tenía la boca seca. De verdad le apetecía un café.

—Siempre consideré que la operación era demasiado grande y arriesgada para poner todas las esperanzas en un solo candidato.

—¿Todo el mundo lo veía así?

—¿Qué quiere decir?

—¿Todo el mundo sabía que había dos candidatos en la isla?

El secretario intentó averiguar qué estaba preguntando en realidad, sin conseguirlo.

—¿Adónde quiere ir a parar? —preguntó. La segunda interrogadora juntó todos sus documentos hasta que formaron un montón perfecto y retomó la palabra.

—De acuerdo, lo formularé de la manera siguiente: ¿el Presidente estaba informado de que había llevado usted a dos candidatos potenciales a la isla, Anna Francis y Henry Fall?

El secretario notó que el ambiente se volvía más pesado en la sala, como antes de una tormenta.

—Es una pregunta absurda, no entiendo qué insinúa —dijo el secretario.

La segunda interrogadora lo miró. La sonrisita había desaparecido.

253

—Por favor, conteste la pregunta —dijo el interrogador principal, como para recordarle que seguía ahí.

—Sí, por supuesto que informé al Presidente. ¿Por qué iba a tomar ese tipo de decisión solo?

—El Presidente —repuso la segunda interrogadora— afirma que no sabía que tenían un segundo candidato en la isla. Pensaba que Henry Fall era una de las personas que evaluaría a Anna Francis.

El secretario no podía creer lo que estaba oyendo.

—¿Qué?

Ella empezó de nuevo como si él no la hubiera oído.

—El Presidente dice que no sabía…

El secretario se levantó de la mesa. Le temblaba todo el cuerpo.

—¿Qué demonios es esto? ¿Qué está diciendo? ¡Apague esa maldita grabadora!

Sin decir nada, y con la cara de satisfacción de alguien que se acaba de marcar un tanto, la segunda interrogadora se inclinó sobre la grabadora y la apagó.

Al cabo de un rato se inclinó de nuevo y pulsó el botón de grabar.

—Reanudamos el interrogatorio. Volvamos a la pregunta de si había informado al Presidente del plan de poner a más de un candidato en la isla.

El secretario hablaba deprisa, se comía las palabras.

—Antes no entendí bien la pregunta. La respuesta es no, yo tomé la decisión de poner más candidatos en la isla por mi cuenta. Consideré que entraba en mi ámbito de autoridad tomar esa decisión sin informar al Presidente.

—¿Alguien más sabía quién era el segundo candidato?

En ese momento las preguntas venían directamente de la segunda interrogadora.

—Nadie más que mis empleados. Muy pocas personas.

Ella extendió la mano, y el interrogador principal le dio una carpeta. La mujer no apartaba la mirada del secretario. Tenía las pupilas grandes y negras. «Huele la sangre», pensó el secretario.

—Existen algunos documentos —dijo la segunda interrogadora— en los que confirma que había un segundo candidato, y también lo menciona por su nombre. Si de hecho fue una decisión oficial, ¿por qué no informó al Presidente? ¿No le pareció apropiado pedir ayuda a sus superiores en una decisión tan crucial?

—Como he dicho, no entendí bien la pregunta anterior. Pensaba que se refería a si tenía que haber informado al Presidente. Por supuesto, debería haberlo hecho, pero no lo hice.

—¿Henry Fall lo sabía? ¿Que era un candidato?

—No —dijo el secretario—. Ni Anna Francis ni Henry Fall sabían que eran los que estaban pasando una prueba para el puesto en el grupo RAN. Pero Henry sabía que Anna era una candidata. Sabía que no había muerto la primera noche, que estaba viva.

—¿Y cuál era el plan de tener dos candidatos en la isla?

—Bueno, era simplemente para ver cuál estaba mejor preparado para manejar la situación.

—¿Y cómo iban a determinarlo?

—Sería evaluado después.

La segunda interrogadora hizo de nuevo un gesto de suspicacia. El secretario sintió ganas de estampar un ladrillo en esas malditas cejas.

—¿Cómo sería evaluado después? —preguntó.

—Como de costumbre. Repasaríamos la situación, escucharíamos sus informes. Buscaríamos la clave de la respuesta, por así decirlo. Nada espectacular. El procedimiento estándar.

El secretario intentó mantener el mismo tono amable que empleaba la segunda interrogadora, pero sabía que su voz sonaba alarmantemente estridente.

—¿Eso era todo?

—Sí, por supuesto. ¿Tiene información distinta? —dijo antes de poder contenerse.

—Entonces no es cierto que dijo, y cito: «Veremos quién sale vivo de la isla»?

Para entonces, el secretario notaba que el sudor frío le caía por la espalda. Veía a dónde iba a parar todo aquello. «Me está sacrificando, el maldito Presidente me va a sacrificar esta vez», pensó. Recordó las reuniones que había tenido con el Presidente antes de que empezaran los interrogatorios. «Quedará mejor que seas tú quien se haga cargo del caso, pero por supuesto solo es

255

de cara a la galería, al final serás exonerado. Estoy contigo al cien por cien.» ¿No sonaba un poco raro incluso entonces? ¿No evitaba mirarle a los ojos? El secretario se dio cuenta de que había sido un ingenuo. Y ahora estaba solo.

—¿Quién dice que dije eso?

—Usted conteste a la pregunta: ¿lo dijo?

—No me acuerdo.

—¿No se acuerda?

—No me acuerdo. Hablo mucho. Tal vez era una broma. No todo el mundo entiende mi sentido del humor.

La segunda interrogadora hizo una mueca. Miró sus papeles y garabateó otra nota.

—¿De quién fue la idea de poner una pistola en la isla? —intervino de pronto el interrogador principal?

—No me acuerdo —se apresuró a repetir el secretario.

—¿Le dijo a Henry Fall que llevara una pistola?

—No me acuerdo.

El interrogador principal se estiró.

—Señor secretario —dijo en tono autoritario—, debo recordarle la gravedad de la situación. Uno de los candidatos que seleccionó para ser evaluado en condiciones extremas, el agente de seguridad Henry Fall, muy bien valorado, está ahora en el depósito de cadáveres. La otra candidata está en el hospital tras un intento de suicidio. El resultado de esta «evaluación», como usted la llama, no se puede describir más que como un completo desastre, tanto ética como estratégicamente. Alguien tendrá que asumir la responsabilidad de lo ocurrido. ¿Entiende lo que le digo? En este caso no basta con recurrir a la pérdida de memoria.

—No, y es absolutamente lamentable, pero de verdad no recuerdo cada palabra y cada acción.

La segunda interrogadora alzó la vista. Dejó los papeles en la mesa y se inclinó hacia él.

—¿Y si formulo la pregunta de otra manera? —dijo despacio—. ¿El hecho de que solo uno de ellos saliera con vida de la isla formaba parte de su plan? ¿Esa era la verdadera prueba?

El secretario también se inclinó hacia delante. Solo unos centímetros separaban sus rostros. En voz baja, dijo:

—Puede preguntármelo todas las veces que quiera, solo tengo una respuesta: lo único que hice fue intentar hacerme responsable de la seguridad de la Unión. ¿Pueden ustedes decir lo mismo?

La segunda interrogadora no apartó la mirada. Estuvo a punto de decir algo pero se contuvo.

—A usted también la han engañado —le susurró el secretario a la segunda interrogadora—. ¿No lo entiende? Él nos engañó a todos.

257

—Señor secretario —dijo el interrogador principal—, debo recordarle que esto es...

De pronto el secretario se reclinó hacia atrás y se cruzó de brazos. La camisa del uniforme carcelario formó una arruguita en el esternón.

—No contestaré más preguntas. Llévenme de vuelta a mi celda.

La segunda interrogadora se acercó a la grabadora, se inclinó hacia delante y dijo:

—Interrogatorio concluido.

FIN
(O EL PRINCIPIO)

Anna

Me despertó el canto de los pájaros. La habitación era blanca. Algo brillaba y oscilaba delante de mis ojos, y cuando intenté fijarme vi que era ese mango que cuelga de las camas de hospital para que los enfermos puedan incorporarse. El sol brillaba en la cadena, que se balanceaba hacia delante y atrás un poco como si la acabaran de usar. Giré la cabeza despacio. En el borde de la cama estaba sentado el Presidente, hojeando una revista femenina. Pensé cuánto tiempo llevaba ahí sentado y cuánto llevaba yo durmiendo. O como se llame. Me habían dado tantos somníferos que apenas sabía si eso era dormir o un coma inducido. No querían correr riesgos, dijeron. Necesitaba descansar. No querían que me quitara la vida, eso no lo dijeron, pero supuse que eso era lo que querían decir de verdad. La cuestión era si eso era lo que yo quería. No lo sabía.

Intenté moverme un poco. Fue lento, los brazos no querían obedecer.

—¿Anna? ¿Estás despierta?

El Presidente dejó la revista y se inclinó hacia delante con una sonrisa paternal.

—¿Puedo beber un poco de agua?

Él se levantó, se acercó al lavamanos que había cerca de la puerta y llenó un vaso de plástico. Lo seguí con la mirada. Volvió a la cama y me dio el vaso; luego se sentó en la silla.

—Pensé que ya era hora de venir a verte en persona.

Paseé la mirada por detrás de su cabeza, por la ventana, que estaba ligeramente abierta a pesar de las barras. Unas nubes blancas se movían por el cielo azul. Pensé en la última vez que había visto nubes moverse tan rápido por el cielo y me di cuenta que fue con Henry, detrás de la casa. El recuerdo hizo que el cuerpo se me quedara rígido de incomodidad. El Presidente me miró y dijo en tono amable:

262

—Deberías saber que estamos preocupados por ti.

Cuando empezaba a preguntarme a qué se refería con «nosotros» continuó:

—Los del Proyecto RAN claro, pero sobre todo tu familia. Tu madre y tu hija. Te necesitan. No quieren perderte. Nosotros tampoco.

Tragué saliva. Tenía la boca seca, así que tomé un sorbo de agua del vaso de plástico. Había un ramo de flores mustias a los pies de la cama, y al lado una tarjeta en la que Siri había escrito: «Recupérate pronto, mamá», con cuidadosas letras infantiles. Me pregunté qué le habían contado que me pasaba. Esperaba que no le hubieran explicado la verdad. Me volví hacia el Presidente.

—¿Por qué está aquí?

El Presidente dudó un momento.

—¿Por qué estoy aquí…? Bueno, quería ver cómo estabas con mis propios ojos, por así decirlo.

Señaló con un gesto una gran caja de bombones en el

alféizar de la ventana, de esos dorados y caros con el retrato del ministro. Pensé si el Presidente soñaba con una caja de bombones con su cara. Lo miré, ahí sentado con su traje sempiterno. A juzgar por su expresión, mi salud no era el único motivo por el que estaba junto a mi cama. No dije nada, simplemente seguí mirándolo hasta que volvió a hablar.

—Creo que es el momento de que alguien se siente a tener una charla contigo, para explicarte la situación. Todo esto de ir con pies de plomo contigo y mimarte… creo que solo está empeorando las cosas. Los médicos creen que lo necesitas, pero yo creo que eres más fuerte que eso. Creo…

Respiró hondo. Hablaba con cierta superioridad moral que me irritaba y me hacía sospechar al mismo tiempo.

—Creo que la única manera de ayudarte a curarte es ser completamente sincero. Contigo y con nosotros mismos. Creo que hay cosas que debes saber y que debes tener en cuenta cuando llegue el momento de tomar decisiones sobre tu futuro. ¿Entiendes lo que te estoy diciendo?

Asentí.

—De acuerdo. ¿Crees que sabes suficiente sobre lo que ocurrió en Isola y qué salió mal?

Asentí. Sí, había leído el informe: era absolutamente insoportable.

—Entonces también me gustaría pedirte perdón, a título personal y con sinceridad. Como sabes, hay muchas cosas que no deberían haber pasado y, aunque soy el responsable último como director, me gustaría destacar que el secretario ha admitido que actuó por su cuenta, sin informar a sus superiores como dicta el procedimiento. Será juzgado por ello. Sí, se decidió que

Henry debía vigilarte. No obstante, no se decidió oficialmente que llevara pistola. Tampoco que él fuera el segundo candidato, ni fue iniciativa mía que hubiera FLL en la isla. El hecho es que todo eso ocurrió y, por supuesto, es culpa mía en algunos aspectos, dado que la persona que tomó esas desafortunadas decisiones era directamente subordinado mío, pero quiero asegurarte que nunca fue mi intención que las cosas salieran así.

Lo miré.

—Chorradas.

Se quedó perplejo.

—¿Qué quieres decir?

—¿De verdad me está diciendo que el secretario hizo todo esto por su cuenta? ¿Sin informarle? «No sabía nada.» Por supuesto que lo sabía todo, solo está decepcionado porque salió fatal, porque ahora tiene que arreglar el lío.

El Presidente se reclinó en la silla y levantó la mano para detenerme. Tenía los labios apretados en una fina línea.

—Déjame decir primero que me alegra ver que has recuperado parte de tus agallas, aunque naturalmente me duele que no confíes más en mí. Pero supongo que es comprensible. Volvamos a la charla directa. Estoy aquí porque quiero ofrecerte el puesto.

—¿Perdón?

Pensaba que había oído mal.

—Lo que acabo de decir. Te hemos evaluado en las circunstancias más extremas y, teniendo en cuenta tu pasado, sigo pensando que las decisiones que tomaste siempre fueron razonadas. El precio fue alto, sin duda, pero estamos todos de acuerdo en que manejaste la situación con la resolución y racionalidad que exigía.

No podía creerlo. Sentía un volcán en mi interior,

una rabia repentina que había estado durmiendo en el pecho y fue subiendo con una fuerza imprevisible.

—¿De qué demonios habla? ¡Disparé a mi amigo! ¡Era inocente! —grité. Y luego llegaron las lágrimas, las que estaban acumuladas desde el momento en que empecé a sospechar que algo iba muy mal, el momento en que aterrizaron los dos helicópteros militares. Uno a mi lado, el segundo al otro lado de la isla. Los médicos salieron corriendo, dos de ellos me envolvieron en una manta y me dieron algo de beber. Intenté contarles que Henry estaba en la casa, pero ya iban hacia allí con camillas y bolsas médicas. Yo gritaba, pero lo que me salía era tan incoherente que no me entendían en absoluto.

—Bebe, bebe. Necesitas entrar en calor. —Era lo único que decían.

De pronto empecé a pensar en el otro helicóptero. ¿Qué hacía detrás de la casa? No lo entendía. En ese momento salió alguien de la casa, ayudado por dos médicos. Era Lotte. Me incorporé para correr hacia ella. Los médicos me sujetaron. Intenté llamarla, pero ella solo me miraba con los ojos vacíos y borrosos mientras iba dando tumbos hacia la parte trasera de la casa con un médico en cada brazo.

—¡Está viva! ¡Está viva!

Estaba histérica de alegría aunque mi cerebro sobrepasado no pudiera entender cómo podía ser. Mi cabeza era un embrollo de diversos impulsos: veía soldados y médicos corriendo por la isla como si fuera una película, y no entendía qué pasaba ni por qué.

Luego vi un segundo helicóptero que subía hacia el cielo desde detrás de la casa. Tenía la cabina de mando abierta y estaba llena de gente. Vi al coronel. El viento le revolvía el pelo y levantó una mano como si saludara, pero el helicóptero se fue antes de que pudiera responder, hacia tierra firme. Agarré a uno de los médicos por el cuello, lo acerqué y le grité a la cara:

—¿Por qué están vivos?

—Anna, tienes que tomártelo con calma. Estás en mal estado, tenemos que sacarte de aquí.

En ese momento vi otra cosa. Más médicos bajaban una camilla completamente tapada, como se hace con la gente que está definitivamente muerta. Gente con un tiro en la cabeza. No entendía qué significaba, cómo había pasado ni por qué, pero de pronto fue como si lo entendiera. Como si se abrieran unas ventanas y dejaran ver toda la imagen, con toda su belleza y horror. De pronto comprendí lo que había hecho y qué tenía que hacer.

Respiré hondo, saqué el aire y relajé todo el cuerpo. Noté que los médicos me soltaban. Luego volví a respirar todo lo profundo que pude, me zafé de ellos, salí corriendo hacia el borde del acantilado y me lancé.

Lo recuerdo todo en una sola imagen llena de minúsculos detalles, todos a la vez. Tras el acantilado solo había imágenes diminutas como las escenas de una película. Un pasillo de hospital con luces en el techo. Una aguja en el brazo. Un collar cervical sujetándome la cabeza. Una mesa de operaciones. Una vista borrosa de Nour y Siri a través de un cristal. Una enfermera cambiando un yeso. Un escalpelo que alguien había dejado en una mesa de examen. Un lavabo. Sangre, sangre, sangre. Alguien que me cambiaba la almohada. Voces de preocupación hablando bajo. Alguien que me daba pastillas. Alguien que miraba debajo de la lengua para asegurarse de que había tragado las pastillas. Alguien que me obligaba a tragarlas. Períodos de debilidad insoportable y lucidez. Más sueño, más oscuridad. Y luego, hoy, el canto de los pájaros. Y el Presidente en el borde de la cama. Lo recuerdo todo sentada en la cama. Lo que empezó como unas lágrimas que asomaban pronto se convirtió en un llanto como nunca había vivido antes. Era como si llorase con todo el cuerpo, y procedía de un lugar ancestral tan profundo en mi interior que nunca había sido consciente de que existía. El Presidente no hizo amago de consolarme, simplemente se quedó ahí y me dejó llorar. Finalmente las lágrimas remitieron.

—¿Podemos continuar? —preguntó en voz baja.

Asentí.

—Entonces vuelvo a exponerte las condiciones. El trabajo es tuyo si lo quieres. Antes de decidir rechazar la oferta, me gustaría que escucharas las alternativas. El trabajo es un puesto permanente en el grupo RAN. Tu puesto será confidencial, y creo que te parecerá gratificante y muy exigente al mismo tiempo. Nunca querrás nada, en el sentido material de las cosas. La cantidad que mencioné como compensación por el encargo de Isola será tu sueldo anual. Tu hija podrá ir a los mejores colegios. Destruiremos los informes antiguos sobre tu padre. Te proporcionaremos todo lo que tú y tu familia podáis necesitar: vivienda, transporte, tanto durante la jornada laboral como en vacaciones. No trabajarás todo el tiempo. Tal vez haya semanas y meses en los que no tendrás que trabajar. Durante esos períodos tendrás tiempo libre con el sueldo entero. Pero siempre estarás en activo. Cuando te necesitemos, vienes. A veces será duro, pero no será peor de lo que acabas de vivir. ¿Te parece razonable?

Asentí en silencio. El Presidente continuó en su tono suave, con los ojos clavados en la puerta como si quisiera asegurarse de que no iba a entrar alguien a interrumpirnos.

—De todos modos, si decides rechazar la oferta, debo

informarte de que, por desgracia, lo que espera al otro lado de la balanza no es muy agradable. De hecho, ya no serás empleada nuestra y como tal ya no gozarás de la inmunidad de la Unión, lo que significa que serás juzgada por homicidio, premeditado o no, de tu antiguo colega Henry Fall. Es una lástima, claro, pero no se puede hacer nada. Por supuesto, puedes contratar a un abogado, alguien que haga lo que pueda ante el tribunal, pero yo diría que las pruebas contra ti son abrumadoras y que las opciones de salir libre son mínimas. Tal vez puedas aducir circunstancias atenuantes y solicitar que la sentencia sea de un período fijo de cárcel en vez de cadena perpetua o pena de muerte. Tal vez diez años. Tal vez menos, o más. ¿Cuántos años tiene tu hija, por cierto?

Me miró, no dije nada. Continuó:

—También me veo obligado a destacar que si te quitas la vida, tu hija no solo perderá a su madre, sino todo lo que posee. Es un delito contra el Estado suicidarse cuando uno se enfrenta a una acusación. Se llama obstrucción a la justicia, y se castiga con la confiscación de la propiedad, que se extiende a los parientes supervivientes. Es una reliquia de la época de la Segunda Guerra Fría, rara vez se aplica, pero en este caso sin duda sería adecuado. También deberíamos estudiar hasta qué punto tu madre comparte tus opiniones, y necesitaríamos revisar sus antiguos expedientes y sopesar los motivos por los que abandonó el Partido. —El Presidente clavó su mirada en mí—. ¿Entiendes lo que te estoy diciendo?

Rebuscó con la mano en el bolsillo de la chaqueta y sacó algo. «Es una pistola, va a dispararme», pensé. Pero no lo era. Eran dos sobres que dejó sobre la manta delante de mí.

—Uno es tu contrato, el otro una orden de detención. Tú eliges.

No le miré. No miré los sobres, me quedé mirando el ramo marchito en los pies de la cama. En realidad no era un ramo, más bien un montón de hierbas y hojas. Sabía que lo había hecho Siri, probablemente en el patio de Nour, donde crecían hierbas entre los guijarros y a Nour le gustaba sacar unos cuantos recipientes e intentar cultivar tomates, aunque hiciera demasiado frío y tuvieran demasiada sombra y todos los años fracasara. Las manos toscas de Nour iban envejeciendo, cada vez más arrugadas y trémulas. Unas manos que tal vez no duraran mucho más, que se hundían en la mugre junto a las manitas suaves de Siri, con bordes negros de suciedad debajo de las uñas finas. Cuando era un bebé tenía unas manos diminutas, redondas como cojines rellenos, con hoyuelos en los nudillos. Sus manos agarrándome el dedo, el cabello, su corazón contra el mío. Nada en medio. Ahora tenía las manos delgadas y fuertes, pero aún eran pequeñas. Aún eran increíblemente pequeñas.

De pronto lo entendí. Lo entendí todo.

—¿Anna? Me gustaría saber cómo te sientes con todo esto. ¿Qué sobre eliges? ¿Aceptas la oferta?

—No hubo ninguna prueba.

Mi propia voz me sonó extraña, seca y quebradiza. El Presidente se mantuvo en perfecto silencio. No se movió, se quedó totalmente quieto. Conitnué:

—Nunca hubo ninguna prueba, ¿verdad? Ni a mí ni a nadie más. Porque si la hubiera habido, yo habría fallado en todos los aspectos. Así que no era una prueba. Era una trampa. Me tenéis justo donde me queríais. Queríais que no tuviera elección. Queríais que aceptara este trabajo, no entiendo por qué me queréis a mí, pero es así. Pero sabíais que bajo ningún concepto lo aceptaría voluntariamente, así que me pusisteis en una situación en que no tuviera elección. Y de paso os deshicisteis del secreta-

269

rio. Tampoco sé por qué queréis hacer eso, pero seguro que tenéis vuestros motivos. Ahora podéis encerrarlo durante el resto de su vida. Pam, desaparecido.

Solté una carcajada que sonó extraña. El Presidente seguía sin mover un músculo. Solo oía mi propia respiración.

—Pero hay algo que no entiendo. ¿Por qué queríais deshaceros de Henry? ¿Qué os había hecho?

Esperé a que el Presidente dijera algo, aunque sabía que no iba a obtener respuesta. Tras un largo silencio, el Presidente habló en tono amable.

—Sin duda una teoría interesante. A lo mejor algunas de tus preguntas al final tendrán respuesta, ¿qué se yo? Y seguro que hay motivos por los que el grupo RAN te necesita justo a ti, motivos que ahora mismo no puedo exponer, pero que podrían salir a la luz a su debido tiempo. Si aceptas mi oferta, será así. De lo contrario, por supuesto, nunca lo sabrás. Así que, Anna, me gustaría saber tu respuesta.

Miré al Presidente directamente a los ojos. Tenía las pupilas grandes y negras. En lo más profundo capté una chispa de locura fría, surrealista, aterradora. Era cierto que no tenía elección. De algún modo siempre había sabido que acabaría así. Así que asentí. Y así fue.

Esbozó una brillante sonrisa, cogió el otro sobre, se lo metió en el bolsillo interior y me tendió la mano derecha.

—¡Excelente! Anna Francis, la más cálida bienvenida al grupo RAN.

ESTOCOLMO
PROTECTORADO DE SUECIA
MARZO DE 2037

Henry

—*L*o siento, pero no entiendo bien qué se supone que debo hacer. ¿De qué va todo esto?

El secretario sacó un sobre y me lo dio. Le dirigí una mirada intrigada y él señaló el sobre con la cabeza.

—¡Ábralo!

Abrí el sobre y saqué una carpeta de papel grueso. Cuando le di la vuelta una cara conocida me miraba desde la copia de un pasaporte pegado en la esquina superior izquierda. Era Anna Francis.

—Es nuestra candidata —dijo el secretario—. Tu trabajo es vigilarla y protegerla.

Lo miré. No sabía qué decir.

—No será tan difícil. Estará muerta la mayor parte del tiempo, o al menos eso pensará todo el mundo. Todos salvo tú y otra participante de confianza.

Miré la fotografía de Anna. Debía de ser de fotógrafo, porque no parecía ella. Estaba guapa de una forma falsa, como si le hubieran arrebatado el alma. Intenté pensar... ¿qué se supone que debía preguntar ahora?

—¿Cómo ocurrirá todo esto?

—Irá al sótano mediante un falso asesinato. Luego tú sacarás a los demás.

Vio la expresión de mi cara.

—No, quiero decir, no de forma real, pero ella tiene que pensar que los demás están desapareciendo uno a uno. Queremos ver qué hace, cómo actúa, qué tipo de debilidades muestra. Sobre todo queremos saber si es capaz de ceñirse a una orden, de no destaparse, aunque todo indique que debe hacer lo contrario. Queremos hacerle una prueba de estrés, en pocas palabras.

Todo era increíblemente raro. Intenté ordenar las ideas y pensar en cómo funcionaría. El secretario me miraba expectante, como si diera por hecho que tendría preguntas.

—Entonces... al final solo quedaremos ella y yo. ¿Qué hago entonces?

—Entonces podrá contarle lo que está ocurriendo, si quiere. Pero no antes.

Tuve una idea.

—Va a pensar que soy el asesino si solo quedamos ella y yo. ¿Y si no me cree, diga lo que diga?

—Por eso es tan importante que tú estés ahí. Confía en ti, si no me equivoco. La conoces, sabes cómo piensa. Me han dicho que le gustas.

Me pregunté cómo se lo habían dicho, pero no lo dije en voz alta. El secretario seguro que veía que no le seguía.

—¿De pequeño jugaste alguna vez al asesino?

Lo negué con la cabeza. El secretario empezó la explicación:

—Funciona así: se escoge aleatoriamente una persona como asesino y el otro es el policía. Los demás jugadores, las víctimas, saben quién es el policía pero no quién es el asesino. Luego todos se ponen a caminar por la habitación. El asesino mata guiñando el ojo en secreto. Cuando alguien recibe un guiño, cae muerto. Cuando el policía cree saber quién es el asesino, acusa al sospechoso. Si el policía tiene razón, gana. Si no, gana el asesino.

El secretario hundió el cuchillo en el salmón que tenía en el plato. Era muy rosa, estaba casi crudo por dentro. De pronto me dio la sensación de que estaba cortando a un recién nacido.

—Perfecto —dijo el secretario con un suspiro contenido. No apartaba la vista del plato—. En realidad no es más que eso. Puede pensar en este pequeño ejercicio como una versión de ese juego.

Se llevó el salmón rosa a la boca y lo tragó sin masticar. Me aclaré la garganta.

—No, nunca he jugado a eso. ¿Y usted?

El secretario me miró. Le brillaban los ojos grises.

—Era mi juego favorito.

275

Agradecimientos

Anna no existe. Isola no existe. La Unión de la Amistad no existe. Estocolmo sí existe, por supuesto, igual que el archipiélago exterior, pero me he tomado algunas libertades significativas y evidentes con ambos. Cualquier parecido con personas reales, estructuras estatales e instituciones son coincidencia y no vale la pena invertir mucho tiempo en pensarlo. En pocas palabras, todo es inventado. Para mí, era la gracia de escribir una novela.

Sin embargo, mucha gente hizo su aportación a esta historia inventada. De corazón: ¡gracias!

Stephen Farran Lee, Hanna Skogar Sundström, Molly Uhlman Lindberg, Bonnie Halling, Richard Herold de Natur och Kultur.

Astri von Arbin Ahlander, Christine Edhäll, Kaisa Palo de la Agencia Ahlander.

Kulturkoftorna Book Club y Lulla Book Club.

Anna Berg, la primera lectora, gran amiga. Mats Strandberg, es como si fueras tú quien me hacía la comida y me daba la brújula cuando me adentré en el oscuro bosque de escribir libros. Estoy atónita y feliz al ver tu generosidad en todos los ámbitos. Anna Andersson, quien, además de su amistad y sabiduría, me enseñó el arte básico de hacer macarrones. Mathias Andersson, con su corazón cálido y cabeza fría. Jenny Jägerfeld, la única persona que reacciona con entusiasmo inmediato cuando le pides una «comida de locos». Sonja Holmquist, todo el mundo debería tener un médico que le diagnosticara sus enfermedades y tratamientos inventados. Todos los maravillosos amigos que han estado ahí en los buenos y malos momentos, ya sabéis quiénes sois.

Y sobre todo, y como siempre: F, A y M. Sin vosotros, nada.

Este libro utiliza el tipo Aldus, que toma su nombre
del vanguardista impresor del Renacimiento
italiano Aldus Manutius. Hermann Zapf
diseñó el tipo Aldus para la imprenta
Stempel en 1954, como una réplica
más ligera y elegante del
popular tipo
Palatino

* * *

* *

*

La isla

se acabó de imprimir
un día de verano de 2017,
en los talleres de Liberdúplex, s.l.u.
Crta. BV-2249, km 7,4, Pol. Ind. Torrentfondo
Sant Llorenç d'Hortons (Barcelona)

* * *

* *

*